시그투나

트리플

시그투나

33

전하영 소설

TRIPLE

차례

007 시그투나
053 인도차이나
101 조용하고 먼

127 에세이 어느 계절에
146 해설 여전히 남아 있는 것들—이소

시그투나

1

시그투나에 여름이 온다.

1926년과 마찬가지로 1927년에도 여름이 오고 있다. 영영 올 것 같지 않던 여름이 어느새 도착한다. 이번 여름은 동작이 아주 더디다. 그녀가 태어난 고향 마을에서였다면 조금만 움직여도 이미 저고리에 땀이 찼을 시기이지만 이곳은 아직도 아침저녁으로 서늘한 바람이 불어온다. 6월이 가까워지는 어느 날부터 그녀는 아침마다 창을 활짝 열어둔다. 저 멀리 호수가 보인다. 잔잔한 푸른빛의. 눈부시게 빛나는 멜라렌 호수의 아름다움이여. 어린아이가 처음으로 계절을 경험하듯 그녀에게 시간은 아주 천천히 흐른다. 하루는, 일주일은, 한 달은, 일 년은 이토록 길고 길었던가. 시간의 흐름은 분명 밀도가 일정치 않을 것이다. 결코. 작년 여름 이곳에 도착한 뒤로 기억은 두 동강이 난 것처럼 단절되었다. 그리고 겪어본 적 없는 속도로 아주 느릿느릿 쌓여간다. 그녀는 인생을 처음부터 다시 시작하는 듯한 착각에 빠진다. 이제 겨우 스무 살이 넘었지만 서른 살이 넘은 사람처럼 긴 생애를 살아온 것 같다고 생각한다.

기나긴 겨울밤에, 그녀는 많이 울었다. 몰래, 매일, 혼자서. 그러다 문득 혼자 우는 것이 얼마나 사치스러운 일인지를 깨달았다. 시그투나의 학교 기숙사에서 그녀는 혼자 방을 썼다. 하나의 방을 차지하는 것. 생에 처음 있는 일이었다. 그녀가 지내는 기숙사 방은 경성에서 보았던 외국인 선교사들의 방보다 더 안락했다. 작은 개인 화장실이 딸려 있고, 세면대에는 계절에 상관없이 언제나 따듯한 물이 나오고, 두 사람이 누워도 될 만큼 넓은 침대에는 폭신하고 새하얀 침구가 오직 그녀만을 위해 놓여 있으며, 레이스 커튼이 달린 창 아래에는 오래된 나무 향기가 배어 있는 작은 책상이 자리했다. 하얀 틀의 유리 창문을 열면 중세 수도원과 같은 아치형 회랑으로 둘러싸인 기숙사 건물의 중정이 내려다보였다. 겨우내 고요하던 안뜰은 어디선가 들려오는 웃음소리로 인해 막 잠에서 깬 듯 부스스한 기운을 떨치고 있었다. 누가 또 이렇게 일찍 일어났을까. 무엇이 그를 깨웠을까. 웃음소리는 나지막하게 허공을 메아리쳐 돌다가 그녀의 작은 방 안으로 슬쩍 고개를 들이민다.

그녀는 창문을 더 활짝 열고 크게 숨을 들이켠다. 더없이 맑은 공기. 아래쪽 세상은 서서히 자신만의 색을 찾아가는 중이었다. 최근 들어 그녀는 더 섬세하게 변화를 감지할 수 있었다. 새와 나무, 숲과 호수, 장미와 오솔길, 밝은 금발의 긴 다리를 가진 사람들. 풍경은 다정하게 말을 건넨다. 그녀에게. 아름답지 않냐고. 제법 살 만하지 않냐고. 너도 나의 일부가 되지 않겠냐고. 그녀는 저항하지 않는다. 이제 그녀도 진심으로 그 말에 접할 수 있게 되었다. 소리 내어 말하는 인간의 언어보다 그녀가 더 잘 이해할 수 있는 세계였으므로. 그녀는 고독한 여행자로 이곳에 도착했고 여전히 반쯤은 그러한 상태이다. 이곳에서 그녀는 아기가 걸음마를 배우듯 언어와 문화를 몸에 익힌다. 완전히 새로운 땅에서. 단

한 명의 혈육도 적도 없는 낯선 도시, 시그투나에서.

    이곳은 어디지?
    그녀는 종종 묻곤 한다. 더 이상 울지 않는 그녀는 묻는다. 꿈속에서. 꿈에서 깬 뒤에도 줄곧 묻는다. 기나긴 꿈이 이어지는 듯한 이 생경한 기분. 확신컨대, 이 작은 마을에 거주하는 조선인이라곤 그녀 한 사람뿐이다. 시그투나에만 한정할 것이 아니라 스톡홀름과 우플란드, 스웨덴 전체로까지 범위를 넓혀보더라도 이 지역에 사는 조선 사람이라곤 그녀 외에 아무도 없을 것임이 틀림없다. 곧바로 그런 생각에까지 가닿자 외로움에 사무친다는 어느 노랫말이 생각났고 감상적인 기분이 되어 저도 모르게 양 팔꿈치를 맞잡아 감싸 안는다. 누구도 알아듣지 못할 자신의 모국어로 그녀는 조용히 노래 한 구절을 흥얼거려본다. 며칠 밤이 걸리는 거리만큼이나 멀리 떨어져 있는 유럽 대륙 곳곳에는 그녀 외에도 다른 조선 사람들이, 그녀처럼 지식을 쌓기 위해, 힘을 기르기 위해, 보이지 않지만 가장 강력한 무기를 갖기 위해, 이국의 땅을 찾아와 고독하게 지낸다는 소식을 익히 들어 잘 알고 있었다. 그중에는 상하이에서 만났던 흥사단 동지들도 있었다. 그들 각자는 나름의 목표와 사명을 갖고 그곳에 다다랐다. 동지들이 저마다 마주할 쓸쓸함을 상상하자 더없이 가슴이 저며온다. 그녀는 그들을 만나지 못한다. 만날 생각조차 하지 않는다. 그것은 결심에 가까운 고립이었다.

한여름에, 지금보다 더 뜨거운 계절에 그녀는 스웨덴어를 한 마디도 하지 못하면서 여기까지 흘러왔다. 아니, 흘러왔다는 말은 정확하지 않다. 그녀는 굳센 의지로, 무모한 모험심으로, 간절히 소망하는 마음으로 이곳까지 긴 여정을 감내했다. 난징에서 상하이를 거쳐 다롄까지, 하얼빈에서 만저우리와 모스크바를 거쳐 스톡홀름까지. 배와 기차를 여러 번 갈아타고 마침내 도착한 스톡홀름의 쉡스브론 거리에서, 텅 빈 지갑을 들고 홀로 서 있었을 때, 어쩌면 그제야 비로소 그녀는 조금 두려운 마음이 들었는지도 모른다. 이제 더는 돌아갈 길이 없으므로. 길은 오직 한 방향으로만 나 있었으므로.

문득 정신이 들어 주변을 살피자 거리의 사람들이 낯선 언어로 말을 걸어왔다. 그녀는 알아듣지 못했다. 그러나 말보다 더 빨리 알아차릴 수 있는 무언가가 근본적으로 마음을 건드렸다. 모르는 이들에게서 뿜어져 나오는 기분 좋은 경쾌함과 속박되지 않은 자연스러움, 그들이 가진 그 이상한 활기. 과연 그것의 정체는 무엇이었을까?

자유.

그들이 의식조차 하지 않으면서 단단히 소유하고 있는 듯한 그 자유로움의 상태. 독립의 상태. 너와 내가 동등한 권리를 가지고 있다는 굳은 믿음. 그로부터 비롯되는 서로 간의 적당한 거리감. 여유. 평화. 존중. 그녀는 본다. 미래를. 도착했다. 이곳에. 어지럼증을 느끼며 그녀는 매혹된다. 곧 그들의 말을 배우리라 결심한다. 새로운 언어를 습득하는 것쯤은 낯선 일이 아니었다. 그녀는 이미 조선어를, 일본어를, 영어를, 중국어를 듣고 쓰고 말할 줄 알았다. 살아오면서 한 단계 높은 교육을 원할 때마다 그녀는 새로운 언어를 배워야만 했다. 보통학교에서는 일본어를, 외국인 선교사들이 운영하는 고등보통학교에서는 영어를, 난징의 중등학교에서는 중국어를 익혔다. 조선인에게, 그리고 여자아이에게 허용되지 않는 상급 교육을 받고자 했으므로, 감히 그런 것을 원했으므로 그녀는 없는 길을 스스로 만들어

나아가야만 했다. 그녀가 가는 길은 아무도 경험해본 적 없는 길이었다. 걸음 하나하나가 논쟁을 불러일으켰다. 새로운 세기에, 그녀와 그녀의 친구들은 오직 서로만을 의지하고 바라보며 앞으로 나아갔다. 교육 난민으로서 그녀는 이중 언어 사용자이고 삼중 언어 사용자이며 다중 언어 사용자이다. 적응하는 것에 적응하는 것. 불리한 입장을 받아들이는 것. 식민지 출신의 여자아이에게 기회가 주어진다면 그것은 아주 어렵사리 획득해야만 하는 것이었음을 일찍부터 그녀는, 그리고 그녀들은 깨달았다.

2

책상 위에는 그녀의 노트가 그대로 펼쳐져 있다. 열린 창문 밖에서 시원한 바람이 불어오자 노트가 바스락거리며 들썩인다. 영혼이 있는 생물 같다. 그녀는 책상 쪽으로 한 발 다가간다. 간밤에 잠들기 전 그녀는 무언가 글을 쓰는 중이었다. 평소처럼 일기를 쓰던 게 아니라 누군가에게 보여주기 위한 글을 쓰고 있었다. 며칠 전, 시그투나 인민학교의 교장 하랄드 달그렌 씨는 그녀가 작문 시간에 제출한 에세이를 더 길게 써보는 것이 어떻겠냐고 제안했다. 에세이는 시그투나 인민학교의 교지에 실리게 될 예정이었다. 달그렌 교장은 떠나온 조국의 상황을 외부에 알리는 것이 그녀가 앞으로 해야 할 일일지 모르며 아마도 이 글은 그 시작점이 되리라고 따스하게 격려해주었다. 자주 오는 기회가 아니었기에 그녀는 잠을 줄여 쓰는 시간을 확보하려 한다. 그런데 언제 침대로 들어와버렸지? 그녀는 허탈해하며 다시 책상 앞에 앉아 노트를 읽는다. 처음부터 스웨덴어로 글을 쓰는 것이 아직은 힘에 부쳐서 한글로 먼저 초안을 작성하고 스웨덴어로 번역해 옮기는 중이었다. 이미 써놓은 글이 마음에 들지 않았다. 진실되게 쓴 것 같지 않았다. 그래도 뭔가를 쓸 수 있다니 스스로를 대견하다고 생각한다. 스웨덴의 언어는 그녀가 처음 배운 서양 언어인 영어와 발음이나 어순, 단어 생김새가 비슷해서 예상보다 배우기가 어렵지 않았고 일 년을 공부한 끝에 그런대로 생각하는 바를 공들여 표현할 수 있는 정도가 되었다. 이를테면, 나는 아침에 따뜻한 커피를 마십니다, 라고 말할 수 있었다. 그녀는 버릇처럼 생각한 문장을 소리 내어 말해본다.

나는, 마신다, 뜨겁고 까만, 커피, 아침에.

그리고 오전에는 카린 씨가 부탁한 바느질을 마칠 계획이다.

오전, 나는, 계획한다, 끝내기를, 바느질, 카린 씨의 부탁인.

그녀는 입으로 소리 내지 않고 계속한다. 그것은 기억인지 생각인지 그저 중얼거림인지 알 수 없다. 말의 흐름은 이어진다.

조만간, 카린 씨가 그녀의 친구를 소개해주기로 했습니다. 그 역시 조선의 문양을 자수 놓은 베개를 원한다고 합니다. 나는 이제 바느질로 안정적인 생활비를 충당할 수 있게 되었습니다. 한국에서 마련해 온 것만으로는 재원이 부족했기 때문에 무척 다행한 일입니다. 아버지가 팔 수 있는 논이란 한정되어 있으니까요. 이미 우리 가족은 나를 위해 많은 논을 팔았습니다. 고향 사람들이 아버지에게 미쳤다고 손가락질했습니다. 시집갈 나이가 지난 '딸년'을 공부시키려 한다고요. 경성과 중국으로도 모자라 먼 서양에까지. 스웨덴으로의 여정에는 적잖은 비용이 들었습니다. 아버지가 준 돈은 이곳에 도착하자마자 동이 나버렸습니다. 아니요. 걱정은 마세요. 고학은 즐거움입니다. 중국에서 여학교를 다닐 때도 저는 생활비를 스스로 마련했습니다. 상인의 딸로 태어났기 때문에 돈을 버는 행위는 내게 아주 자연스러운 일입니다. 나는 손재주가 좋고 생활력이 강한 내가 좋습니다. 공부를 하는 내가 좋은 만큼 돈을 버는 내가 좋습니다. 누군가에게 의존하기보다 내 삶을 내 힘으로 부양할 생각입니다. 자립. 경제적 자립과 정신적 자립. 그것이 나의 목표이고, 나아가 조선 여성들 모두의 목표가 될 것입니다.

잠시 멈추고, 그녀는 고개를 들어 벽시계를 확인한다. 아직 다섯 시가 되지 않았다. 어스름하던 바깥 하늘은 어느새 환하게 밝아 있었다. 그녀는 촛불을 끈다.

오후에는 리사를 만나기로 약속했지.

나는, 만날 예정입니다, 리사, 오후에.

약속 시간은 아직 많이 남았다.

많은 시간······.

시그투나 인민학교의 동급생인 리사는 그녀보다 세 살이 적었다. 리사뿐만 아니라 시그투나에서 만난 같은 반 친구들 대부분이 그녀보다 서너 살 정도는 더 어렸다. 그 이유는 좀 복잡했는데 중학교와 고등학교를 두 번씩 다녀야만 하는 사정이 있었기 때문이었다. 스웨덴에 오기 전 그녀는 이미 난징에 있는 여학교에서 대학 준비 과정을 모두 마쳤으나 스웨덴의 대학에 진학하기 위해서는 생소한 현지 언어를 처음부터 새로 배워야 했다. 그와 비슷한 이유로 난징에 있을 때는 중학교 과정을 한 번 더 반복했다. 언어는 언어대로 문제였겠지만 조선인에게 고등교육을 허하지 않는 일제의 우민화 정책 때문에 일반적인 학제를 따라가려면 학점이 모자라 추가로 현지에서 예비학교를 거쳐야만 했다.

　　당시 유학을 원하는 대부분의 조선 청년들은 언어가 익숙한 일본행을 택했으나 그녀와 같이 독립운동에 뜻이 있는 젊은이들은 일본이 아니라 중국행을 선택했다. 상급학교로 진학하기 위해 여러 번 도돌이표를 그리며 두 번 세 번 학교를 더 다니는 수고로움을 감내하는 건 조선 사람들에게 그다지 드문 일이 아니었다. 조선을 강제 합병한 일본의 군사정부는 반도 안에 전문학교 이상의 고등교육기관을 세우는 데 소극적이었다. 그나마 존재하는 관립 교육기관은 대부분 일본인 거주자를 위해 운영되는 것이었고 대개의 조선 학생들은 사립학교를 다녔다. 그녀가 졸업한 3년제의 여자고등보통학교도 뒤늦게 총독부의 인가를 받은 외국인 선교사들이 세운 교육기관이었다. 거기서 그녀는 영어와 성악, 체육, 지리, 산술, 가사 따위의 교양과목을 배웠다.

　　여자아이는 보통학교만 졸업해도 충분히 교육 받았다는 것이 그녀의 부모가 생각하던 바였다. 보통학교를 다니는 것조차 일반적인 일은 아니었다. 여자는 어차피 십 대 중후반쯤이면 시집을 가서 출가외인이 되는 데다 기혼 여성이 된 후에는 집 안에 꼼짝없이 갇혀 자식들을 낳아 키우고 남편 뒷바라지와 시집살이에 전념해야 하므로 굳이 쓸데도 없는 서양식 교육을 받을 필요가 없다는 게 통용되던 상식이었다. 총명한 그녀는 열한 살이라는 이른 나이에 보통학교를 졸업한 후 더 이상 진학하지 못하고 아버지의 상점 일을 도우며 마냥 시간을 보냈다. 삼 년이 흘러 남동생이 보통학교를 졸업할 때가 되어서야 그녀는 비로소 기회가 왔다고 생각했다. 그녀는 남동생과 마찬가지로 고등보통학교에 가고 싶었다. 그녀는 다른 친구 두 명과 함께 뜻을 모아 '소녀 3인 백일기도'를 감행했다. 아버지의 가게에 나가기를 거부하고 매일 새벽 교회로 가서 식음을 전폐하고 온종일 기도 시위를 벌였다. 배움을 원하는 젊은 여성들을 조롱하는 사회 분위기가 만연했음에도 어린 그녀는 더, 더 알고 싶었다. 어디에서도 그것이 끝이라고 생각하지 않았다.

  리사가 대학에 가고 싶어 하지 않는다는 것을 알았을 때 그녀는 깜짝 놀랐다. 많은 스웨덴 여성들이 대학에 가지 않는다는 사실을 알았을 때도 역시 놀랐다. 리사는 졸업을 하자마자 스톡홀름으로 가서 살 작정이라고 했다. 부모님의 농장을 벗어나 대도시로 가서 직장을 구하고 저녁마다 춤을 추고 영화를 보며 방탕한 생활을 해보는 게 꿈이라고 리사는 장난스럽게 말했다. 유행하는 재즈 음악과 활동사진에 흠뻑 빠져 여배우 흉내를 내며 다리를 번쩍번쩍 들어 올리고 몸을 엿가락처럼 휘저으며 추는 춤은 멋있다기보다는 기괴한 모양새에 가까웠지만.

귀여운 리사.

리사의 소탈함을 생각하니 저절로 웃음이 났다. 조선에서 학당을 다닐 때는 백인들의 기본적인 특성에 오만함이 깔려 있다고 지레짐작한 적이 있었다. 그녀가 만났던 백인들은 대부분 미국이나 영국에서 온 선교사들이었는데, 그들의 선의와 희생, 헌신을 감사하게 여기면서도, 행동과 말에서 은연중에 흘러나오는 우월감과 보수적인 사고방식은 그녀처럼 예민하고 독립적인 학생들의 반감을 사기 일쑤였다. 성경이 아니라 사회과학 서적을 읽고 싶어 하는 여학생들을 문제아 취급하거나 학생 자치를 금하고 공공장소 출입을 통제하는 방침도 도무지 이해할 수 없었다. 학생들을 동등한 인간으로 대한다기보다는 개조해야 마땅할 인형쯤으로 여기는 것 같았다. 어째서 사람들은 애초에 평등하게 태어나지 못하고 누가 누군가의 위에서 명령을 내리는 위계질서 속에 살아가는지, 그녀는 곧잘 슬퍼졌다. 슬픈 감정은 금세 그리움으로 번졌다.

나는, 그립습니다, 조선의 사랑하는 사람들, 친구들, 선후배들, 동생들, 아버지, 어머니, 할머니.

아, 할머니. 우리 할머니.

젊었을 때의 외모가 그녀와 똑같이 닮았다는 그녀의 할머니는 지난겨울, 그녀가 스웨덴에 도착한 지 사 개월여 만에 조선의 고향 마을에서 돌아가셨다. 중국으로 떠나기 전에 뵈러 간 것이 마지막이었으므로 오년 전의 건강한 모습이 그녀가 본 할머니의 가장 가까운 기억이었다. 이른 나이부터 장사 수완이 좋아 집안을 일으키다시피 한 할머니는 매사에 엄격했으나 그녀에게만큼은 항상 너그러웠다. 백일기도로 투쟁할 때 결정적으로 그녀의 편을 들어준 것도 할머니였다. 그녀는 그리운 마음을 누르며 마음속의 작문을 계속한다. 어느 순간 하늘에 계신 할머니에게 편지를 쓰듯. 그녀의 생각을 할머니의 영혼이 바로 읽어낼 수 있기라도 하듯.

오후에는 리사와 함께 밥을 먹을 예정입니다. 여기서 밥이라고 부르는 것은 주로 간단한 샌드위치를 뜻합니다. 이곳 사람들은 그걸 '스뫼르고스'라고 부르는데, 선교사 선생님들이 먹던 미국식 샌드위치와는 방식이 좀 다릅니다. 넓적한 호밀빵을 두껍게 잘라 놓고 버터나 스프레드를 듬뿍 바르고 상추나 치즈 한 조각을 얹은 다음 그 위에 저민 오이, 사과, 연어, 새우 같은 다양한 재료들을 곁들이는 방식입니다. 마지막 재료 위에 두 번째 빵을 덮지 않기 때문에 장식적인 효과가 아주 좋습니다. 사람마다 자기만의 방식으로 창의력을 발휘하기에도 좋습니다. 일 년 동안 그걸 지겹도록 먹었습니다. 때때로 조선에 있는 친구들에게 샌드위치 얘기를 들려주고 싶어집니다. 학당에 다닐 때 그게 우리에게 얼마나 특별한 음식이었는지 지금 와서 되돌아보면 그 동경의 마음이 우스꽝스럽습니다. 매일 먹고 있는 이 음식을 대접했을 때 조선 친구들이 어떤 반응을 보일지 너무 궁금합니다. 궁금하고 보고 싶어 미칠 지경입니다. 그리워 미칠 지경입니다.

거기서 그녀는 또다시 멈춘다.

미친다.

미쳐버리기엔 자신의 정신력이 너무나도 강하

다고 그녀는 생각한다. 그녀는 알게 되었다. 사람은, 아니, 적어도 그녀는, 쉽게 미치지 않는다.

자유롭게 떠오르는 연상을 중단하고 그녀는 다시금 써야 하는 글에 생각을 집중하려 마음을 다잡는다.

나는 어디까지 솔직해질 수 있을까요.

그날의 일을, 그 감정을 여기에 소상히 적을 수 있을까요? 내가 경험한 수치를, 끝없는 절망을 이토록 평화로운 스웨덴의 사람들에게 밝힐 수 있을까요? 1919년 3월의 일을 그들은 과연 상상이나 할 수 있을까요? 그게 상상이 아니라 진짜로 벌어진 일이고, 여전히 계속된다는 것을, 더 심해진다는 것을 믿을 수 있을까요? 나는 잊을 수 없습니다. 절대로 잊지 못합니다. 그날, 1919년 3월 5일, 그 돌이킬 수 없는 날과 그다음 우리에게 일어난 일들을.

내가 원하지 않아도 그날의 장면은 머릿속에서 계속 되풀이됩니다. 깨어 있을 때도, 꿈속에서도 나는 여전히 그날의 연장된 시간을 살아가고 있습니다. 3월 5일 오전 아홉 시로 돌아갑니다. 열네 살의 나는 급우들과 함께 남대문역 광장에 가려 합니다. 선교사 선생님들이 학교 밖으로 나가지 못하도록 단속하지만 끝내 우리를 막지 못했습니다. 우리 전부는 불꽃에 휩싸인 것 같았습니다. 그보다 며칠 전에 있었던 대

규모 만세 시위에서 우리는 우리 안의 심장이 얼마나 뜨거워질 수 있는지를 확인했습니다. 학생들은 서로를 알아볼 수 있도록 각자 팔에 붉은 완장을 찼습니다. 그것은 우리의 목숨을 '의'에 바칠 것을 약속하는 표식이자 선언이었습니다. 우리는 목소리가 쉴 때까지, 한 자락의 힘도 남지 않을 때까지, 거리에서 '대한 독립 만세'를 외칠 계획이었습니다. 자유. 그것에 대해 생각하는 것만으로도 온 세상이 빛으로 가득 찼습니다. 그러나 그날. 3월 5일 오전. 저는 만세를 부르지 못했습니다. 전차에서 내리자마자 어떻게 눈치를 챘는지 붉은 완장을 알아본 일본 순사들에게 머리채를 휘어잡혀 종로경찰서로 끌려갔습니다. 구치소에 갇힐 때까지 어디를 어떻게 맞았는지 기억조차 할 수 없을 정도로 마구 구타당했습니다. 나는 정신을 잃었습니다. 깨어나 보니 구치소에는 나 말고도 수십 명의 소녀와 소년들이 잡혀 와 갇혀 있었습니다. 우리는 그렇게 여자와 남자가 한 공간에 가까이 붙어 있어 본 적이 평생토록 없었습니다. 제대로 숨을 쉴 수 없을 만큼 비좁아서 우리는 병든 짐승처럼 괴로워했습니다. 그 후 우리는 따로따로 불려 나가 감각이 없어지고 정신을 잃고 쓰러질 때까지 머리를 맞고 발길질당하고 뼈가 부러질 듯 주리가 틀리고 얼굴에 침이 뱉어지고 입이 찢길 듯 양손으로 잡아당겨지고 피가 나고 멍이 들고 열 시간 넘게 무릎이 꿇리고 발가벗겨지고 희롱당했습니다. 그때마다 그들은 누가 내게 독립에 관한 생각을 주입한 것인지 다그쳐 물었습니다. 아무도 내게 그런 생각을 강요한 적 없다. 그것은 내가 사람이기 때문에, 일본인이 아니라 조선 사람이기 때문에 당연히 할 수밖에 없는 생각 아닌가, 나는 심문하는 일본인 형사에게 반문했습니다. 이루 말로 옮길 수 없는 비슷한 괴로움이 매일 반복됐고, 며칠이 지나서 우리는 포승줄에 묶여 서대문형무소로 보내졌습니다. 일본 순사에게 온갖 고문을 받던 그때도 나는 미치지 않았습니다. 그런 날에도 정녕 미치지 않았습니다. 오히려 정신이 또렷해지면서 무언가를 해야만 한다고 느꼈습니다.

쏟아지는 기억 때문에 그녀는 급작스러운 고통에 직면한다. 물리적으로 느껴지는 아픔과 별반 다르지 않은 진짜 고통이다. 날카롭게 찌르는 듯한.

어쩌면 기억이란 그런 것일까.

그것은 원래 피와 살처럼 피부 속에, 보이지 않는 어둠 속에, 인간의 마음 깊숙한 곳에 잘 숨겨두어야만 하는 그런 것일까.

헤집어놓은 기억 때문에 그녀는 고요히 몸서리친다. 그러다 문득 깨닫는다. 그녀가 앉아 있는 장소, 그녀가 글을 쓸 수 있는 자기 자신만의 자그마한 방 안은 평화롭기 그지없다. 그녀는 사치스러울 만큼 안전한 외로움 속에 던져져 있으며 어떠한 말이든, 아무 말이든 꺼낼 수 있는 무한한 자유를 갖고 있다. 단지 그녀의 모국어가 아닌 다른 언어로만 가능한 자유를.

　　리사, 아름답고 행복한 금발의 친구 리사야, 너는 상상이나 할 수 있을까? 나와 내 친구들이 살아가야 했던 그 무지막지한 세계를. 단지 자유와 독립을 원한다고 말한 것만으로 우리가 어떤 처벌을 받았는지. 어떤 인간 이하의 취급을 받았는지.

　　그녀의 기억은 또다시 어떤 순간을 떠올린다. 칠 년 전, 1920년의 가을, 정동의 한 여학교로, 그녀는 순식간에 자신의 기억에 붙들려 돌아간다. 서대문형무소에서 피투성이가 되어 돌아온 절친한 급우의 어린 시체를 끌어안고서 울부짖던 때로. 급우의 식어버린 몸에, 남루한 옷에, 피로 물든 커다란 수감번호가 뚜렷이 새겨져 있는 참혹한 모습을 눈에 새기며 가슴이 와르르 무너지던 바로 그때로. 감옥에서 풀려나올 동무를 위해 준비했던 어여쁜 머리핀은 그와 함께 땅속에 영영 묻혔다. 너무나도 많은 죽음이. 너무나도 가까이에. 스무 해

남짓을 살았을 뿐이지만 그녀는 이미 오래전에 젊음을 잃어버렸다고 느꼈다. 절대로 그 이전으로 돌아갈 수 없으리라는 걸 알았다.

나의 친구는, 잃었다, 부모와 형제를, 친척들을, 이웃들을, 단 하루 만에, 자신의 고향 마을에서, 일본 순사의 총칼에 맞아.

없었다, 법은.

죽은 급우는 그녀와 함께 1919년 3월 1일 만세운동에 참여했었다. 전날 밤 그들은 몰래 학교 강당에 모여 사람들에게 나눠줄 태극기를 함께 만들었다. 태극기에 있는 팔괘의 모양을 정확히 알지 못해 일단은 비슷한 모양으로 적당히 그려낼 수밖에 없었다. 고종 황제의 장례일이 다가오면서 심상찮은 분위기를 감지한 외국인 선생들은 학생들을 보호하겠다는 명목으로 교문을 걸어 잠갔으나, 그녀와 그녀의 급우와 그들의 또 다른 동급생들은 선생들 몰래 담을 넘을 계획을 세웠다. 학교 문지기도 그녀들을 도왔다. 담을 넘을 무렵에는 이미 거리에 만세를 외치는 사람들로 가득 차 있었다. 스스로가 외치는 말에 감격한 사람들은 눈물을 흘리며 만세를 외쳤다. 저들 무리에 속하는 것이 물이 아래로 흐르는 것만큼이나 당연한 일처럼 느껴졌다. 꾹꾹 눌러 담았던 마음들이 여기저기 터져 나와 분출하고 있었다. 이런 것이 가능하다고 어떤 선생도 가르쳐주지 않았어. 이렇게 가까운 거였어. 이렇게 쉬운 거였어. 단지 우리가 입을 열기만 하면 되는 거였어. 어린 소녀들은 터질 듯한 마음을 담아 목소리가 더 이상 나오지 않을 때까지 평화롭게 행진하는 군중 사이에서 '대한'과 '독립'과 '만세'를 부르짖다 밤늦게 기숙사로 돌아왔다. 곧 새로운 세상이 열리리라 믿어 의심치 않았다.

3

시그투나의 아침.

그녀는 요 며칠 항상 그러했듯 산책을 하기 위해 밖으로 나선다. 본격적인 여름으로 접어들면서 어느새 그녀에게 새로 생긴 습관이었다. 잘 빨아 말린 밝은 빛의 한복 저고리와 치마를 단정히 입고, 깊은 생각에 빠진 채 종종걸음으로 걸어가는 까만 단발머리를 한 그녀의 이국적인 모습은 이제 시그투나 주민들에게 교차로를 가로질러 가는 제복 입은 우체부를 보는 것만큼이나 자연스러운 풍경으로 받아들여진다.

"저기 봐. 오늘도 영숙이 아침 일찍 어딘가로 가

고 있어."

신문을 들고 다가와 창가 테이블에 앉으려는 한 사람이 운을 띄우면,

"당신, 그 애를 그냥 평화롭게 놔두지 그래."

다른 한 사람이 시큰둥하게 대답하며 끓어오르는 커피 주전자를 확인한다.

그러나 두 사람의 시선은 자연스레 창밖의 소녀에게로 주목된다. 바쁜 걸음만이 아니라면 불러서 따듯한 커피를 대접하고 갓 구운 카넬불레를 한가득 나눠줄 텐데. 저 애는 일 년 만에 스웨덴어를 유창하게 익힐 만큼 똑똑한데 어딘가 정신이 반쯤은 다른 곳에 가 있는 것 같아. 멍청한 소리 마, 당연하지 않겠어? 저 멀리 있는 가족과 자기 민족이 걱정되겠지. 다른 나라 군대가 저 아이의 나라를 강제로 침략했다잖아.

그들은 아시아의 한 이국적인 도시를 상상하고 그곳에서 일어난다는 끔찍한 일들을 떠올리며 잠시 침울해하다가 조용히 커피를 마신다.

그녀는 파스텔 빛의 노랗고 붉고 푸른 스웨덴식 목조 가옥들을 지나친다. 정성스럽게 가꿔진 정원을 감

싸는 야트막한 울타리와 창문 밖에 매달린 앙증맞은 화분이 정겨운 마음을 불러일으킨다. 어디선가 풍겨오는 그윽한 커피 향과 빵 굽는 냄새는 새벽부터 시끄러웠던 마음을 차분하게 달래주는 듯하다. 이따가 커피를 마시면 좋겠다. 그녀는 생각한다. 커피란 것은 특별한 사람들만 마시는 음료라고 생각했는데 이제 그녀도 스웨덴 사람처럼 매일 아침 커피를 찾게 되었다.

그래. 마치 스웨덴 사람처럼.

달그렌 교장 선생님에게 제출한 에세이가 시그투나 인민학교 교지에 실린 뒤로 그녀는 얼마간 스웨덴 사람이 된 것 같은 기분에 젖어들곤 했다. 말은 힘이 세고 그 힘은 종종 말한 자를 넘어선다. 조선어로 경험해 본 적 없는 아주 이상하고도 활기찬 기운에 휩싸여 그녀의 마음이 들뜬다. 가만히 앉아 있기가 힘들 정도로. 오늘은 호숫가에 문을 연 카페에 한번 가볼까. 그곳에 앉아 스톡홀름에서 온 여행객처럼 케이크를 곁들여 커피를 주문해보는 거야. 그러기엔 아직 시간이 이르다. 그녀는 스토라가탄 거리를 따라 걷다가 번화가에 접어들기 전 보다 더 한적한 골목 안으로 들어선다.

여느 때처럼 아침 기도를 드릴 생각으로 그녀는

마리아 교회 입구 쪽으로 향한다. 교회 건물로 가는 오솔길은 커다란 나무들 사이로 좁고 길게 나 있어서 안쪽으로 들어갈수록 마음이 정화되는 듯하다. 호숫가의 새소리가 점차 멀어지고 나뭇잎이 바람에 바스락거리는 소리만이 사방을 채운다. 작은 숲은 가슴이 시릴 정도로 아름다운 푸른빛을 뿜내고 있다. 길 왼편에는 기다란 정원 같은 묘지공원이 펼쳐진다. 서양식 묘는 봉분 없이 평평한 무덤 옆에 비석을 바닥에 눕히거나 낮게 세워서 죽은 이의 이름과 생몰년을 단순하게 새겨 넣는 소박한 형태로 만들어졌다. 죽은 이를 섬기기보다는 그저 그를 기억하기 위해 간단히 표식을 해두는 것처럼 느껴졌다. 제사도 지내지 않고 매년 그들이 떠나간 날에 조용히 꽃다발을 들고 찾아와 기도드릴 뿐이다.

교회 건물 앞에는 눈에 익은 자전거 한 대가 세워져 있다. 그녀는 깊이 생각하지 않고 문으로 곧장 다가간다. 안에서 밖으로 누군가가 나오려다가 그녀를 발견하자 놀란 듯 얼굴을 외면한다.

리사!

상대방은 마주친 사람이 그녀라는 사실을 알아차리자 금세 안심한 표정으로 안색이 바뀐다.

"영숙, 드디어 스톡홀름의 변호사에게서 전화를 받았어."

리사가 촉촉한 눈가를 얼른 손등으로 훔치며 말한다.

"오. 부디 좋은 소식이길. 뭐라고 말씀하셔?"

"여기선 말을 못 하겠어."

리사는 고개를 뽑아 들어 누군가가 그들을 엿보기라도 할까 걱정되는 듯 주변을 살피더니 입술을 살짝 깨문다. 마리아 교회 맞은편의 성 올로프 유적지가 눈에 띈다. 두 사람은 서로를 부축하듯 바짝 몸을 붙이고 묘지공원을 가로질러 성 올로프 유적지 쪽으로 향한다. 유적지는 구백 년 전 시그투나 지역을 기반으로 융성하던 왕조가 세운 건축물이었는데 세월이 지나면서 반쯤 무너진 벽과 기둥만 덩그러니 남은 채 폐허로 방치된 상태였다. 그곳에서라면 아무도 엿듣는 사람이 없을 거라는 확신을 갖고 그들은 걸음을 재촉한다. 좁고 낮은 문을 통과해 들어가면 중간 벽이 사라져서 텅 비어 있는 넓은 공간이 나온다. 충분히 안쪽에 이르러서야 리사는 몸을 돌려 그녀의 두 손을 꼭 맞잡은 채 무언가를 결심한 듯 입을 연다.

"영숙, 놀라지 마. 나는 아이를 살릴 거야. 일단 다행인 건, 내가 학교를 곧 졸업한다는 사실이야. 배가 불러오기 전까지는 시간이 있어. 임신을 들킬까 봐 학업을 중단하는 그런 최악의 상황은 아니라는 게 중요해."

단숨에 말하고 리사는 잠시 뜸을 들인다.

"들어봐. 너도 알다시피 나는 남자하고 잠을 잤어. 그것도 여러 번. 내가 원해서."

리사의 일그러지는 표정. 그러나 입을 열기 시작하자 마음이 후련해지는 듯 제법 씩씩한 얼굴이 되어 간다.

"나는 어떤 행동을 했고, 그 결과를 받아들일 거야. 난 괜찮아. 하지만 아무한테도 말은 하지 말아줘. 결국 다들 알게 되겠지만 그런 상황은 최대한 늦추고 싶어. 아이는 낳을 생각이야. 코펜하겐에 나처럼 미성년자인 미혼모가 아이 낳는 걸 도와주고 위탁모를 구해주기까지 하는 시설이 있대. 내가 원하면 아이 아버지의 이름을 등록하지 않아도 된다고 해. 스톡홀름에서 만난 여자 변호사가 그렇게 확인해줬어. 시설에 자리가 나면 다시 연락을 줄 거야. 비용이 좀 많이 들 텐데, 그건 그 사람이 대줄 거라고 변호사한테 말해뒀어."

"세상에. 리사, 나 이제 제대로 알아들었어. 그런데 아이를 낳을 거라고?"

그녀는 걱정이 돼서 자기도 모르게 반문한다. 친구의 말을 반쯤만 알아듣고 있다. 의미는 항상 뒤늦게 찾아온다.

"낳을 거야. 하지만 결혼은 안 해. 절대 하지 않을 거야. 난 더 이상 그 사람을 사랑하지 않아. 나보다 서른 살이나 많은 사람의 아내가 되고 싶진 않다고."

리사의 갑작스러운 선언에 놀라지만 그녀는 어쨌든 응원하겠다는 의미로 친구의 손을 힘주어 더 꼭 잡는다. 이런 극한 상황에서조차 여성에게 선택권이 주어진다는 사실이 놀라웠다. 만약 조선이었더라면. 만약 리사가 조선에 있는 그녀의 친구 중 한 사람이었더라면.

"여기까지 해결하는 게 너무 힘들었어. 이젠 다 잘될 거야. 방향이 정해졌으니까."

리사가 스스로에게 다짐하듯 중얼거렸다.

"그래, 괜찮아. 네 말대로 다 잘될 거야. 내가 도울 수 있는 게 있으면 뭐든 할게."

"이렇게 불쑥 꺼낼 얘기는 아니었는데."

썰렁한 농담이라도 한 듯 리사가 싱긋 웃는다.

눈이 마주치자 그녀도 반사적으로 따라 웃는다. 웃음기는 금세 사라지고 두 사람은 다시금 심각한 얼굴이 된다. 소녀들은 소리 없이 자신에게 묻는다. 앞으로 우린 어떻게 살아가야 하지? 우리의 인생은 도대체 어디로 흘러갈까? 아무것도 바뀐 게 없지만 모든 게 바뀌었다는 불안감이 순간적으로 엄습힌다. 그녀들은 각자 떨어져서 그러나 서로의 존재에 오롯이 의지한 채 말없이 폐허가 된 돌기둥 사이를 천천히 걷기 시작한다. 오직 두 사람의 걸음 소리만이 공간을 채운다. 예배당과 중앙탑, 서쪽 탑이 있던 자리……. 그들은 상념에 빠진 채 자신의 걸음 소리에만 귀를 기울인다. 말 없는 돌무더기가 그들을 내려다보고 있다. 죽은 영혼이 살아 있는 이들을 조용히 지켜보듯이. 무심코 손을 댄 벽에는 습기가 가득하다. 숨을 내쉬는 것 같다고 그녀는 생각한다. 여태, 너희들은 얼마나 많은 사람의 비밀을 엿들었을까.

"영숙, 사실 난 아이가 보고 싶어. 어떻게 생겼을지도 궁금하고. 게다가 가끔은 그 아일 벌써 사랑하는 것 같다고 느낄 때가 있어. 정말 이상하지 않아?"

"이상해. 하지만 알 것 같아."

"음, 정말 이상하지. 이상하고 또 이상한 일이야."

리사는 침울하면서도 어쩐지 행복해 보인다.

"영숙은 어때? 아무도 사랑하지 않겠다는 거 진심이야?"

"거짓이라고 생각해?"

리사는 고개를 젓는다.

"영숙은 다른 세계에 속한 사람 같아. 음, 그러니까 내 말은 목표가 아주 분명해서 주변보다는 어딘가 먼 곳을 바라보는 사람 같다는 말이야."

"리사, 조선에는 나 같은 사람들이 아주 많아. 어릴 때부터 난 마음을 단단히 정했어. 선교사 선생님들처럼 독신으로 살겠다고. 다시 조선에 돌아가면 나는 그저 맹렬히 일을 하고 싶어."

"일……."

리사는 그녀가 말하는 '일'이라는 게 전반적으로 조선의 독립운동을 뜻한다는 사실을 잘 알고 있다. 나라를 잃는다는 것은 무엇을 의미할까. 자신의 삶을 기꺼이 내줄 만큼 크나큰 상실이란.

"그래도 나는 영숙이가 사랑하는 사람을 만났으면 좋겠어. 오직 네가 행복해지면 좋겠어."

오, 리사. 나의 귀여운 친구. 네겐 이곳의 삶이

자연스러운 거겠지. 내게는 꿈과도 같아. 나는 지금 꿈속에 살고 있어. 아끼고 사랑하는 사람들과 함께 꾸고 싶은 꿈. 네가 조선에 일주일이라도 살아본다면 나를 이해할 수 있을 텐데. 우리 조선 여성들이 얼마나 불쌍한 상황에 처해 있는지, 얼마나 절박하게 더 나은, 인간다운 삶을 원하는지······.

"아마 그럴 일은 없을 것 같지만 말이야, 리사. 네 말대로 만약, 만약에라도 내가 누군가를 만난다면, 한 사람의 애인이라는 게 생긴다면, 그 사람은 내가 정말로 사랑하는 사람일 거야. 아마 나는 목숨을 바쳐도 아깝지 않은 진짜 사랑에 빠졌을 거야. 두 사람은 서로를 동지로서 아끼고 같은 이상과 열정을 공유하는 세상에 둘도 없는 사이겠지. 그 정도가 아니라면 어림도 없어."

그녀의 말이 끝나자마자 뭐가 우스운지 모르지만 누가 먼저랄 것 없이 갑자기 웃음이 터져 나와 두 사람은 마주 보고 키득거린다. 한참을 웃다가 그들은 숨을 고른다. 가까운 벽에 몸을 기대자 돌의 서늘한 기운이 몸속으로 전달되는 듯하다. 그녀들은 옷깃을 여민다. 아직 바람이 차갑다.

리사가 건너편 벽을 고갯짓으로 가리킨다.

"저길 봐. 룬스톤이 벽 안에 고스란히 남아 있네."

룬스톤은 폐허가 된 교회가 세워지던 때로부터도 훨씬 이전 시기인 바이킹 시대에 제작된 비석으로, 사랑하는 이들을 잃은 사람들이 죽은 자를 기억하기 위해 룬문자를 새겨 넣은 일종의 기념비였다.

"교회를 지을 때 룬스톤 위에다 그냥 돌벽을 쌓았나 봐."

"비석도 재활용하는 스웨덴이네."

"만든 사람은 슬프겠다."

"소중한 것이었을 텐데."

한번 눈에 들어오자 벽 군데군데 커다란 비정형의 룬스톤이 박혀 있는 것이 눈에 띈다. 이해할 수 없는 바이킹의 룬문자는 긴 세월에도 바래지 않고, 할머니의 얼굴에 새겨진 주름처럼 묵묵히 시간을 견뎠다.

"무어라고 쓰여 있는 걸까, 저 돌들엔."

"살아 있을 땐 말할 수 없었던 비밀을 써놨을 것 같아. 정작 눈앞에 있는 사람에겐 고백할 수 없는 다정한 말들."

"그래. 멀리 있을 때만 할 수 있는 말들."

"사실 어렸을 때 학교에서 배웠는데 자세한 내

용은 다 잊어버렸어. 대충 그런 말이었을 테지. 죽은 자는 죽지 않는다. 몸은 사라지더라도 기억하는 한 당신은 여전히 우리 곁에 살아 있어요. 여기에, 그리고 여기에."

리사가 짐짓 엄숙한 태도로 자기 머리와 가슴에 차례로 손을 얹는다.

"여기에, 그리고 여기에."

영숙이 리사의 말을 따라 읊는다.

"그거 알아? 바이킹은 모험심이 있고 멀리 항해하는 걸 좋아하는 용감한 사람들이었대. 꼭 영숙처럼. 지금 이 건물이 지어졌을 즈음에는 그 사람들도 다 죽어 있었을 테니까 슬픔이란 없는 거야. 빗물에 다 씻겨 내려갔을 거야. 시간이 많이 흘렀잖아."

많은 시간이 흐른다······.

무엇일까. 오래전의 일이 다시 되풀이되는 듯한 이 감정은. 이토록 낯선 곳에서, 이토록 익숙한 감정이라니.

"그런데 리사, 백 년 뒤면 우리 전부 다 이 세상에 없을 거야."

"백 년 후라면 당연히 그렇겠지."

"그땐 누가 우릴 기억해줄까."

"아이들? 아이들의, 또 그 아이들의 아이들이."

아니, 그녀는 모르겠다고 생각한다. 아이들의 아이들이 살아갈 세상이 과연 올까? 지금의 삶이 너무나도 복잡해서 먼 미래를 상상하는 일이 힘들었다. 하지만 그렇더라도, 그럼에도 불구하고, 만약 세계가 계속된다면, 망하지 않고 좀 더 나아간다면, 그렇다면 백년 후에 누군가가 이 순간을 기억해주면 좋겠다는 바람이 동시에 들었다. 당신의 자유를 위해 맹렬히 싸우려는 한 사람이 역사 속에 있었다는 걸.

"영숙은 보고 싶은 사람이 있어? 지금 가장 보고 싶은 사람."

물론.

수많은 사람의 얼굴이 머릿속에 떠오른다. 그러나 그중 그리운 이름 딱 하나만을 집어 말하고 싶지 않았다. 보고 싶다. 나는 보고 싶어. 우리 뒤를 이어 나오는 여성들을. 나는 그 사람들이 제일로 보고 싶어. 그들이 앞으로 어떤 세상에서 살아갈지. 지금의 우리보다 더 자유롭고 더 행복하게 살아갈 수 있을지.

대답을 듣지 못한 리사가 말한다. 수줍은 듯 얼굴을 마주하지 못하고. 주머니에 두 손을 찔러 넣은 채.

"하고 싶은 말이 있어, 영숙. 너는 우리의 가족이고 스웨덴은 네 또 다른 고향이야. 우리는 최영숙을 사랑해. 공부를 마치고 언젠가 조선으로 돌아가는 날이 오더라도 부디 우릴 잊지 말아줘. 기억해줘."

어느덧 해가 높이 떠올라 반쪽만 남은 높다란 석벽이 밝게 빛을 받고 있었다. 어쩐지 힘찬 기운이 느껴지는 게 진정한 여름 햇살이라 할 만하다.

그녀는 눈을 감는다.

파란 하늘.

리사의 눈동자 같은.

멜라렌 호수 빛깔의 맑은 하늘이 끝없이 펼쳐진다. 감은 눈 너머로도 이어진다. 호흡이 느려진다. 마음이 차분해진다. 움켜쥔 것을 슬며시 놓아두는 것처럼 저도 모르게 긴장이 풀어진다.

어디에나 슬픔은 있어.

그리고 우리는 여전히 살아 있지.

또 다른 하루가 새롭게 시작되고 있다고 그녀는 확신한다. 생애 가장 빛나고 아름다울 그해 여름에 대한 예감과 함께.

4

조선의 청년들
— 1927년 여름. 『시그투나링엔 7』 —

아직 익숙하지 않은 스웨덴어로 조선의 청년에 대해서 쓴다는 것은 아주 어렵게 느껴집니다. 그리고 나의 불운과 비탄을 이야기하는 것도 마음이 무겁기만 합니다. 많은 사람들이 강하고 행복한 사람들을 추대하고 약하고 불행한 사람을 비웃습니다. 이것이 제가 글쓰기를 주저하는 이유이지만 저는 제 스웨덴 동무들이 불행을 비웃지 않을 것이라 생각합니다.

청춘―이 단어는 한국어로 "푸른 봄"을 뜻합니다. 푸르른 봄은 한 해의 가장 중요한 시기이며 청년기는 사람의 인생에 가장 소중한 시기이지요. 희망찬 젊음은 새 세계와 새 미래의 창조자라고 할 수 있겠습니다.

조선과 스웨덴의 청년들은 서로 매우 비슷합니다. 하지만 그들의 처지는 전혀 농능하지 못합니다. 몇몇은 노래하며 춤추며 행복해하지만 다른 한쪽은 한숨 쉬며 고통받고 신음합니다.

이제 저는 먼저 우리의 상황에 대해서 말하고 싶습니다. 조선은 반도로, 먼 동쪽에 위치하고 있습니다. 조선은 아주 아름다운 나라로 많은 외국인이 우리나라의 자연을 사랑합니다. 중국의 저명 시인들은 그들의 시에서 조선의 자연에 대한 그리움을 노래하곤 했습니다. 이 나라에서 조상들은 아름다운 자연과 적절한 기후 그리고 풍부한 생산품들과 함께 오천 년 동안을 평화롭고 고요하게 살아왔습니다. 하지만 지금은, 1910년 이래로 피에 굶주린 일본의 제국주의자들이 조선을 침략하고, 정치권력과 모든 경제적 자원들을 빼앗았습니다.

이때부터 조선의 젊은이들은 자유와 조국을 위해서 싸우고 있습니다. 그들의 정의로운 싸움과 인적 무기는 대

포와 칼로 무장한 적들에 대항하고 있습니다. 일본의 억압은 시간이 갈수록 심해지고 있습니다. 그들은 젊은이들의 생명을 앗아가는 것을 전혀 망설이지 않습니다.

그들은 모든 방면에서 우리를 억압했습니다. 그 예로 그들은 모든 종류의 모임과 집회를, 심지어 강연까지, 모두 금지했습니다. 그리고 책과 신문을 장악했습니다. 그들은 비록 우리의 생명을 앗아갔지만 우리의 살아 있는 영혼은 가져갈 수 없을 것입니다. 그들은 우리를 억압하겠지만 우리들의 불타는 심장을 멸하지는 못할 것입니다.

1919년 3월 1일, 유럽에서 평화 회의가 열렸습니다. 거기에서 전 세계의 평화와 정의에 대해서 이야기했습니다. 이에 우리 조선의 청년들은 조선에 있는 잔혹한 일본 제국주의자와 자본주의자들에 저항하여 싸우기 시작했습니다. 한 달 만에 7,598명의 젊은이가 그들의 생명을 바쳤습니다. 아이들과 노인들도 다수 체포되었지만, 대부분의 남학생과 여학생 들 그리고 노동자들이 박해받았습니다. 15,961명의 사람들이 부상을 입고 469,408명이 투옥되었으며, 47개의 교회가 파괴되고, 사람들이 갇혀 있던 몇몇의 교회는 그대로 불태워졌습니다.

이 독립운동의 리더들의 많은 수는 가톨릭이나 복

음교의 성직자들이었습니다. 따라서 기독교인들은 다른 사람들보다 더욱 고통받았습니다. 나는 내 동무의 고통을 절대 잊지 않을 것입니다. 제 급우였던 열여덟 살의 재능 넘치던 소녀는, 그녀의 부모와 자매를 그 대학살에서 잃었습니다. 그녀 자신도 가슴에 상처를 입은 채 투옥되었고, 일 년 뒤 그녀는 감옥에서 숨을 거뒀습니다.

아이들과 노인들조차 해를 면하지 못했습니다. 미망인의 외동아들이었던 열한 살의 소년은 그의 작은 몸에 수많은 상처를 입은 채로 누워 있었습니다. 그리고 그 소년은 어머니에게 말했습니다. "어머니, 울지 마세요. 저는 이제 하느님께 갑니다. 말해주세요. 제 머릿속과 가슴에 얼마나 많은 상처들이 있나요? 제가 그분께 갈 때, 저는 우리 땅의 해방을 여쭐 것입니다." 그렇게 그는 죽음을 맞았습니다.

셀 수 없을 정도로 많은 젊은이가 일본의 비인간적인 억압 때문에 조국에서 탈출해 외국의 낯선 땅으로 향해야 했습니다. 그들은 미국으로, 유럽으로, 중국으로 여행해 조국에 돌아가 투쟁을 위해 조선에 남겨졌던 젊은이들을 도울 때를 위해 그들 스스로를 교육시키며 가능한 한 모든 지식을 습득하고 있습니다. 몇몇은 사람들을 계몽시키고 다른 이들은 특히 소작농에게 향하며 또 다른 이들은 노동자의 위치를 향상시키기 위해 자본주의가들과 다시 싸웁니다. 물론 이것은 매우 어려운 일이지만, 그들은 그들의 삶을 기꺼이 희생하며 가혹한 감옥은 그들의 안식처가 될 것입니다.

이것이 바로 지금 조선 청년들의 처지입니다.

만약 제가 조선과 스웨덴의 청년들을 비교하자면 마치 새장에 있는 새와 자유가 있는 새를 비교하는 것과 같지요. 제가 친구들에게 편지를 쓸 때면 대개 "행복한 스웨덴 청년들"이라고 적습니다. 스웨덴에서 춤을 추는 청년들을 볼 때 저는 감옥에 있는 저의 안타까운 동지들을 생각합니다. 하지만 저는 절망하지 않습니다. 제국주의자들과 자본가들의 힘은 마치 저녁 하늘의 해처럼 가라앉을 것이고 억압받는 이들의 태양은 다시 떠오를 테니까요.

최영숙

미주

※ 최영숙의 삶은 이효진(이탈리아 베네치아 카포스카리대학교 조교수)의 「신여성 최영숙의 삶과 기록: 스웨덴 유학 시절의 신화와 루머, 그리고 진실에 대한 실증적 검증」(『아시아여성연구』 제57권 2호, 숙명여자대학교 아시아여성연구소, 2018), 「스웨덴 소장 신여성 최영숙 관련 자료 소개 (1)」(『이화사학연구』 제62집, 이화사학연구소, 2021), 「스웨덴 소장 신여성 최영숙 관련 자료 소개 (2)」(『이화사학연구』 제64집, 이화사학연구소, 2022), 「스웨덴 소장 신여성 최영숙 관련 자료 소개 (3)」(『이화사학연구』 제67집, 이화사학연구소, 2023)과 우미영의 「신여성 최영숙론—여성의 삶과 재현의 거리」(『민족문화연구』 제45호, 고려대학교 민족문화연구원, 2006) 및 『네 사랑 받기를 허락지 않는다』(최영숙, 가갸날, 2018)를 바탕으로 창작되었다.

※ 20세기 초 여성의 해외 경험과 교육 환경은 『근대 한국 신여성의 성장과 미국유학』(김성은, 도서출판선인, 2023), 『구월 원숭이』(박인덕, 창미, 2007), 『여행하는 여성, 나혜석과 후미코』(나혜석/하야시 후미코 저, 안은미 옮김, 정은문고, 2023), 신남주의 「1920년대 지식인 여성의 등장과 해외유학」(『여성과역사』 제3권, 한국여성사학회, 2005)을 참고하였다.

※ 3·1운동 및 유관순과 관련된 내용은 『유관순 횃불되어 타오르다』(고혜

령, 초이스북, 2019), 『지네트 월터 이야기: 유관순 열사의 이화학당 마지막 스승』(임연철, 밀알북스, 2020), 이상경의 「상해판 『독립신문』의 여성 관련 서사연구—'여학생 일기'를 중심으로 본 1910년대 여학생의 교육 경험과 3·1운동」(『페미니즘연구』 제10권 2호, 한국여성연구소, 2010), 『아리랑』(님 웨일즈/김산 저, 송영인 옮김, 동녘, 1984/2016), 『딕테』(차학경 저, 김경년 옮김, 문학사상, 2024)의 도움을 받았다.

※ 리사는 아스트리드 린드그렌(1907~2002)의 전기 『우리가 이토록 작고 외롭지 않다면』(옌스 안데르센 저, 김경희 옮김, 창비, 2020), 『아스트리드 린드그렌: 영원한 삐삐 롱스타킹』(마렌 고트샬크 저, 이명아 옮김, 여유당, 2012)과 영화 〈비커밍 아스트리드〉(페르닐레 피셔 크리스텐센 감독, 2021)에서 영감을 받아 만든 허구적 캐릭터이다.

※ 최영숙의 「조선의 청년들」은 「스웨덴 소장 신여성 최영숙 관련 자료 소개 (1)」에 최초로 발굴되어 수록된 내용 전문을 인용하였다. 인용을 허락해주신 이효진 선생님께 깊은 감사의 말씀을 전한다.

인도차이나

R과 나는 바닷가의 한 도시로 가는 기차를 타고 있었다. 우리는 그 도시에 있는 어느 서점의 초청으로 북토크에 참석할 예정이었다. 처음에는 지역 서점이라고 해서 작은 가게인 줄로만 알았는데 검색해보니 꽤 규모가 있는 편이었고 로컬에서는 인지도도 높은 공간인 듯했다. 사례비 역시 평소보다 두둑해서 나는 바쁜 R을 설득해 초청 인사로 함께 행사에 참여하기로 했다. 이런 때에는 그가 야근을 밥 먹듯 하고, 시도 때도 없이 이곳저곳 불려 다니는 직업을 가졌다는 게 썩 도움이 됐다. 주말에 집에 들어가지 못할 이유를 손쉽게 만들

어낼 수 있었기 때문이었다. 물론 공식적으로도 북토크는 그의 일의 연장선에 놓여 있긴 했다. 북토크에서 이야기할 책은 내가 이십 년 전에 쓴 소설로 처음 출간되었을 때만 해도 거의 팔리지 않았는데, 얼마 전 영화화가 되면서 다시 읽히기 시작했다. R은 그 영화의 제작자였다. 우연히 들른 카페에서 책을 발견했다며 영화화를 제의해왔다. 안 될 게 뭐람? 그 책은 세상에서 잊힌 것이나 다름없었으므로 나는 반색하며 제안을 받아들였다. 솔직히 말하자면 적지 않은 이차 저작권료에 더 관심이 많이 쏠렸는데 알고 보니 그쪽에서는 내가 당연히 그보다 큰 금액을 부르리라 예상하고 미리 한참 낮춰서 금액을 제시한 거라고 했다. 그런 전후 사정을 낱낱이 파악하게 된 시점은 R과의 관계가 좀 더 사적인 성격으로 진전된 이후의 일이었다. 그로부터 많은 것들이 변했다. 책이 영상화되자 죽은 사람이 살아 돌아온 것처럼 책에 쓰인 시절도 내게 함께 돌아왔다.

풋내기 시절에는 몰랐던 사실이 하나 있다. 아니, 마흔을 넘기면서 깨우친 새로운 시간의 감각이라고 하는 게 더 적당할까. 이십 년 정도의 긴 세월이 지나가면 옛 시절의 '나'를 더 이상 '나'라는 자아의 연장선에 서만이 아니라, 타자처럼 객관화시켜 보게 되기도 한다는 점이었다. 불과 몇 년 전인 삼십 대 후반일 때만 해도 느껴보지 못했던 생경한 감각이었다.

　　출처가 생각나지 않는 어느 기사에 따르면 인간의 몸은 칠 년마다 세포 전체를 모조리 갈아치우는 물리적인 시스템을 갖추고 있다고 한다. 만약 그 이론이 진실이라면, 책이 출간된 이후로 이십 년 가까운 세월이 흘렀으니 나도 모르는 사이 대략 세 번쯤은 내가 그때와는 전혀 다른 물질들로 구성된 '나'로 거듭나 있다는 것과 마찬가지인 셈이다. 나는 먼 곳으로 떠내 보낸 그리운 타인처럼 과거의 '나'들에게 향수를 느끼고 종종 그때 그 시절의 장소를 방문하며 추억에 잠기곤 했다. 그럴 때마다 동행하는 상대방에게는 다른 볼일이 있는 것처럼 그럴싸한 핑계를 둘러대고 내 숨은 의도를 밝히지 않는다. 그것은 최근 들어 생긴 나만의 비밀이자 즐거움이었다.

　　서점이 있는 도시는 한때 유명한 관광지구였지만 오랫동안 쇠락의 길을 걷다가 근래 다시 각광받기 시작한 지역이었다. 모든 것이 너무 비싸고 조밀한 서울에 진력난 젊은 사람들이 대안을 찾아 몇 년에 걸쳐 조금씩 모여들었고 무언가 새로운 조짐을 빠르게 감지한 라이프스타일 매거진과 비슷한 부류의 인터넷 매체들이 앞다퉈 관심을 보이기 시작했다. 이제 조만간 영화나 드라마의 촬영지로도 물망에 오를 텐데 그게 성사된다면 머지않아 그 도시도 여타 장소와 마찬가지로 무분별하게 들어서는 프랜차이즈 카페와 플라스틱 상징물로 가득 찬 한국의 평범한 소도시 중 하나로 거듭날 게 뻔했다. 다른 누구도 아닌 영화제작자를 데려가는 중이니 어쩌면 내가 도시를 망가뜨리는 하나의 중요한 계기를 마련하고 있는 건지도 몰랐다. 망상에 불과하겠지만 그런 생각이 문득 들었다. 온 세상이 나를 쳐다보고 있다는 느낌. 내가 하는 작은 행동이 불러일으키는 더 큰 효과에 대한 전망. 책이 영화화된 뒤로 줄곧 내가 사로잡힌 감정이었다.

기차가 출발하기를 기다리는 동안 R에게 그 도시에 가본 적이 있냐고 물었다. R은 뜻밖의 질문이라는 듯 머뭇거리다가 두 번째라고 얼버무렸다. 아마도 두 번째. 그냥 두 번째면 두 번째지 '아마도'는 왜 붙여? 나는 습관적인 짜증을 느끼며 장난스레 그를 추궁했다. 이십 년 전 대학에 다닐 때 친구와 무박 여행을 다녀온 적이 '있는 것 같다'고 그는 설명했다. 있으면 있는 거지, 있는 것 같다는 또 뭐야.

"무박? 잠은 안 자고 왔어?"

아무렇지 않은 척 R에게 물었다. 요즘이라면 서울에서 기차로 두 시간이면 가닿을 가까운 거리지만 이십 년 전이라면 얘기가 달랐다. 밤 기차를 타고 가야 할 정도로 먼 여행길이었다. 나 역시 스무 살 때 혼자 훌쩍 그곳으로 떠난 적이 있어서 잘 알았다.

"어렸잖아."

"숙박할 돈이 없었나 보네?"

"돈도 없었지."

"그 여자랑 자는 사이는 아니었나 봐."

"여자는 무슨. 그냥 애들이지. 학생이었잖아."

"친구가 여자였어?"

내가 눈을 빛내며 묻자 R이 순간 뜨끔한 표정으로 얼굴을 피했다.

"그냥 친구였어."

"안 사귀었어?"

"그런 거 아냐. 왜 자꾸 그런 걸 물어."

"물어본 건 이번 단 한 번뿐인데? 누구야? 첫사랑?"

"아냐. 그냥 친구. 애들끼리 바다 한번 보러 가겠다고 기차 여행 한 거야."

R이 물에 빠진 사람처럼 허공에 손을 휘저으며 말했다.

"자기 지금 되게 변명조인 거 알지?"

"뭐가?"

"뭐는 뭐야. 우리가 애들도 아니고 서로 알아가면서 누구 만났고 어땠고 하는 얘기 자연스럽게 할 수도 있는 거지. 안 그래? 말 돌리지 말고, 내 얼굴 좀 똑바로 보고요."

가벼운 어조로 미소를 띤 채 차분히 말하고 있었지만, R은 그런 내게서 종종 공격성을 느낀다고 토로한 적이 있었다. 그 말이 생각난 게 갑작스레 슬퍼졌다. 나는 매 순간 이토록 나 자신을 의식하고 상대방을 의식하는데, R은 그냥 편하게 자신은 아무 생각 없이 말하고 싶고 내게 그럴 수 없다는 게 괴롭다고 했다.

"언제? 내가 언제 말을 돌렸다는 거야?"

"방금도. 내 말은 듣지 않고 어렸다고만 반복했잖아."

"어렸으니까 어렸다고 하지."

"웃기지 마. 그때 정말 자기가 어리다고 생각했어? 난 아닌데? 난 책도 썼잖아. 이십 년 전에는 지금보다 더 잘 썼는지도 몰라. 그때는 지금처럼 마른걸레 쥐어짜듯 억지로 쓰지 않았다고. 오히려 생각이 흘러넘쳐서 그걸 다 담을 수 없는 정도였지. 당신도 그렇잖아. 내가 요즘 쓰는 것보다 예전에 쓴 걸 더 좋아하지 않아?"

의도치 않게 흘러나온 자기 고백적인 말에 나는 움찔했다. 내 속에 나도 모르게 뒤틀려져 있던 부분이 갑자기 튀어나온 것이었다. 나는 어느 순간부터 퇴보하고 있지 않나? 무언가 순수한 불꽃을 잃고 시시껄렁한 껍데기로 살아가고 있는 것은 아닌가.

나를 보는 R의 표정이 부드러워졌다. 그 역시 자신을 위한 변명이 더 이상 필요 없어졌음을 본능적으로 깨달은 듯했다. 문제는 나였다. 그가 아니라. 항상 그렇듯이.

"그건 좀 다른 얘기고."

"그렇겠지."

"그렇다니까. 지금 자기가 쓴 글이 훨씬 훌륭하지. 스무 살 때는 그때만의 생기가 있었던 거고."

흠. 생기라.

"있잖아, 옛날 사람들은 말이야, 스무 살만 돼도 다 어른이었잖아. 결혼하고 대학교수도 하고. 또 뭐가 있지? 이것저것 진짜 많았는데."

"그때랑 지금은 다르지. 시대도 다르고 평균수명도 다르고. 사회적으로 요구되는 게 달라졌으니까."

"다른가?"

"다르지."

"평균수명이랑 정신연령이랑 무슨 상관이야?"

"아무튼 다르다니까."

R은 더 이상 말을 잇고 싶지 않다는 듯 건성으로 답하며 창밖으로 시선을 돌렸다. 예의 그 시큰둥한 표정. 자주 어긋나는 대화. 모든 건 잠이 부족해서라는 익숙한 변명들. 분명 무언가가 기울어지기 시작했다는 찝찝하고 거슬리는 느낌. 걸리적거리는 그 느낌을 더 파고들어 해치우기엔 마주 보게 될 것이 두려웠다. 게다가, 최근 들어 계속 R에게 시비를 걸고 있다는 생각

에 나는 그만 입을 다물기로 했다.

"이거 봐."

R이 손에 들고 있던 잡지를 내 쪽으로 펼쳐 보이며 사진 한 장을 가리켰다. 지방 소도시에 있다는 어느 숙소에 관한 기사였는데 오래된 주택을 개조하여 노부부가 둘만의 힘으로 운영해간다는 럭셔리한 스테이였다. 푸른빛에 둘러싸인 평화로운 풍경, 모던하고 미니멀하게 리모델링한 건축, 매일 아침 손으로 직접 만든 건강한 식사……. 맙소사. 저걸 둘이서만 한다고? 거짓말.

"나이 들어서 이렇게 살면 참 좋겠다."

R이 나를 홀짓 곁눈질하며 말했다. 내 눈치를 보는 듯했다.

당신은 이미 나이를 먹을 대로 먹었으니 그런 걸 정말 할 사람이었더라면 이미 그걸 하고 있었겠지, 하는 생각이 들었지만, 매정하게 들릴 것 같아 말은 하지 않고 웃기만 했다. 가끔 이유 없이 R을 쥐어박고 면박 주고 싶은 감정이 들 때가 있는데, 얼마간은 당황해서 내 기분에 무작정 맞추려 하던 R도 그런 패턴을 나름 파악

했는지 이제 일방적으로 당하고 있지만은 않았다.

"예전엔 맨날 지방 촬영 다니고 세상 참 좋았는데. 요새는 허구한 날 세트장이니, 일이 재미가 없어. 재미가."

또 그 이야기.

사기가 영화를 찍는 건지 CG 수스를 따라 가는 건지 모르겠다는, 그리고 영화가 더 이상 예전에 본인이 사랑하던 그 영화가 아닌 다른 무언가가 되어버렸다는, 그 똑같은 레퍼토리.

"어디 우리 임수란 작가가 앞으로 소설을 좀 많이 써주시면 좋을 텐데. 현장 로케이션이 아니면 안 되는 이야기로다."

"뭐래. 난데없이."

퉁명스럽게 답하면서도 순간적으로 귀가 솔깃했다. 영상화와 관련된 저작권료 협상을 다시 하라고 한다면 이번엔 더 잘할 수 있을 것 같았다. 그쪽은 소설과는 움직이는 돈의 단위가 완전히 다르다는 것을 지난번엔 잘 몰랐었다. 순진하게도.

"국내 여행을 좀 다니고 싶긴 하지. 외국에는 많이 가봤지만 정작 한국 안은 잘 모르잖아. 기껏해야 부산이나 제주도에 몇 번 가본 게 다이고…….”

나는 R이 앉아 있는 통로 건너편 좌석을 향해 몸을 기울여 잡지 기사에 한 번 더 눈길을 줬다. 우리는 기차표를 늦게 예매한 덕분에 나란히 붙어 있는 자리를 얻지 못하고 통로를 사이에 둔 복도 측 좌석에 각자 따로 앉아 가야만 했다. 그나마도 같은 줄 좌석이 남아 있던 게 다행이라면 다행이었다.

글자가 보이지 않아 고개를 빼고 기사를 더 자세히 보려고 하는데 마침 다른 승객이 통로를 가로질러 가려고 멈춰 서기에 나는 손잡이에 기댔던 몸을 도로 일으켜 자세를 바꿨다. 공간을 터주기 위해 R 역시 비스듬하게 내밀었던 상체를 바로 했다. 우리 사이로 사람들이 줄줄이 지나쳐갔다.

"몇 쪽이야?"

내 자리 앞에도 비치된 똑같은 철도 기관지를 뽑아 펼치며 R에게 물었다. 대단한 궁금증이 일어서 찾아보려는 건 아니었지만.

"그냥 이거 같이 봐."

R이 내 쪽으로 잡지를 건네려는 참에 또 다른 탑승객들이 나타나 우수수 우리 사이를 지나갔다.

"아 됐어. 피곤하네."

나는 혼잣말하듯 중얼거리며 손에 들었던 잡지를 도로 앞좌석 등받이에 아무렇게나 꽂아놨다. R이 그 말을 반기듯, 아니면 그저 아무 이유 없이, 싱긋 미소를 한번 짓더니 눈을 감았다. R의 미소가 좋았다. 어렸을 때라면 좋아하지 않았을 스타일인데, 새삼스럽지만 찬찬히 그의 얼굴을 뜯어 살폈다. 잘생기진 않았으나 키도 적당하고 어쩐지 남자다운 느낌이 미덥게 느껴지는 관상이었다. R을 만나기 직전까지만 하더라도 내 남은 인생에서 남자 사람에게 다시금 연애 감정을 느낄 일이 있으리라곤 예상치 못했었다. 그즈음엔 내가 여자라는 생각도 잘 하지 않을 만큼 연애 관계에 무심했다. 그렇다고 나를 남자라고 생각한 건 아니지만. 뭐랄까. 남녀 관계라는 어색한 역할 놀이를 더 이상 참아줄 수 없을 만큼 비위가 약해졌다고나 할까. 정신을 차려보니 그런 판에 박힌 틀에 또다시 들어가 있긴 했지만 말이다. 얼마 전에는 R과의 관계를 눈치챈 사촌조카가 내게 딱 적당한 말이 있다며 유행어를 하나 가르쳐줬는데, 자기들 또래에서는 나 같은 사람을 일컬어 '남미새'라 부른다며 저 혼자 한참을 깔깔거렸다. 그 뜻인즉슨 '남자에 미친 새끼'라며. 사실 전부터 알고 있는 말이긴 했지만 실제로 그걸 소리 내어 들으니 어안이 벙벙해졌었다. 그렇게 그날은 어린아이에게 놀림을 당하고, 사랑스러운 그 애에게 밥과 차를 사주고, 책을 이백 권쯤은 팔아야 생기는 돈을 지불해가며 옷도 하나 마련해주고, 행복한 날을 보낸 것 같은데, 아무튼, 처음 들었을 때 별생각 없이 웃어넘긴 것과 상관없이 그 남미새라는 단어는 그 후로도 내 머릿속을 맴돌았다. 상대를 한심해하면서도 갈망하는 마음이 공존하는 분열적 상태. 그러고 보니 예전에도 남자와 있을 때는 대개 그런 상태였다. 내가 처한 상황이 우스꽝스럽게 느껴져서 나도 모르게 헛웃음이 나왔다.

인기척에 감았던 눈을 뜨니 젊은 군인 하나가 옆에 서서 주춤거리고 있었다. 그는 비어 있는 내 옆자리로 들어가 앉겠다고 양해를 구했다. 무릎 앞 공간에는 거의 차이가 없어 보였지만 나는 엉덩이를 의자 안쪽으로 당겨 앉으며 자리를 내어주는 시늉을 했다. 군인은 날렵하게 몸을 움직여 얌전히 창가 자리에 앉았다. 옆모습의 턱선과 콧날이 꽤 예쁘다는 생각이 들어서 잠시 넋 놓고 쳐다보다 정신이 퍼뜩 들어 시선을 거뒀다. 아무래도 나 남미새 맞나보다. 그런데 우등석이라니. 군인이 왜? 우리처럼 뒤늦게 예매하는 바람에 다른 선택권이 없었거나, 우등석에 앉아 가야만 하는 이상한 강박관념 같은 게 있는 캐릭터일지도.

R이 팔을 툭 치더니 군인 쪽을 턱짓하며 소리 내지 않고 입 모양으로만 '자리 바꿔달라고 할까?' 했다. 나는 어쩐지 벌을 주고 싶어서 그러지 말자고 고개를 저었다. 애초에 미리 두 좌석을 예매해두었더라면 R이 좀 더 일찍 동행을 결정하게끔 종용할 수 있지 않았을까? 서점 SNS 계정에 이미 공지가 나갔으니 당연히 같이 간다고만 철석같이 믿고 있었는데 별안간 확답한 건 아니었다며 안 가겠다고 변덕을 부리는 통에 상당히 애를 먹었었다. 이 순간을 기억해 둬. 나는 좀 더 비겁해질 필요가 있었다. 자신이 원하는 걸 얻으려면 인생에는 전략이라는 게 필요하고 때로는 상대를 압박하는 기술도 쓸 줄 알아야 한다.

"잠을 좀 자."

타이르듯 부드러운 목소리로 R이 말했다. 미소뿐만 아니라 그의 목소리도 좋아한다. 남자의 목소리에

반한 적은 한 번도 없었는데 R은 좀 달랐다. 외모 취향은 옆자리에 앉은 군인이 이상형에 가까웠지만, 그러니까 군인이 지금보다 열 살에서 스무 살 정도 더 나이가 많았다면 말일 텐데…….

"눈 감고 있어. 어제 못 잤다며."

R이 나를 슬며시 건드리며 다시 눈치를 봤다.

"그러니까 내 꿈에 자꾸 나오지 말라고."

투정하듯 그를 나무라자 R이 어깨를 으쓱하고 물러섰다. 자기 잘못이 아니라는 뜻이었다. 첫사랑이니 뭐니 하며 괜히 심통을 부렸던 게 쪽팔려서 나는 빨리 시간이 지나갔으면 했다.

좌석을 뒤로 젖히고 한참을 있었는데도 도통 잠이 오지 않았다. 애매하게 넓은 우등석 좌석이 몸에 맞지 않아 자세가 더 불편하게 느껴졌다. 그냥 버스를 탈걸 그랬나. 곧장 가는 버스 노선이 동서울터미널에 있었던가. 대중교통을 탈 때 원래 잠을 잘 안 자는 편이긴 하지만 오늘따라 더 잠이 오지 않았다. 전날 밤 짧은 글을 마감하느라 세 시간밖에 자지 못해서 바로 잠들 거라 기대했는데 그렇지가 않았다. 그리고 웬일인지, 갑자기 어렸을 적에 엄마의 고향 도시로 가던 날이 생각났다. 엄마와 나와 내 동생은 승객들로 만원인 한여름의 고속버스에 탑승해 있었고, 동생이 너무 어렸기 때문에 당연하다는 듯 엄마의 옆자리를 차지했다. 나는 선택의 여지 없이 혼자서 건너편 통로 좌석에 앉아 가게 되었나. 옆자리에는 이미 어떤 아저씨가 타고 있었는데 미리 창가 좌석을 차지한 그 덩치 큰 아저씨에게서는 지독하게 쓴 담배 냄새가 풍겨왔다. 중간에 휴게소에 들를 정도로 먼 여정이었는데, 어린 나는 버스를 타고 가는 내내 잠들지 않으려고 안간힘을 써야만 했다. 왜냐하면 그때 내가 알기로는 남자와 여자가 나란히 같이 잠을 자면 아기가 생기고, 아기가 생기는 순간 곧 여자의 인생도 끝장나리라는 걸 엄마를 지켜보며 어렴풋이 눈치채고 있었기 때문이었다. 그 당시 나는 어른이 되더라도 결코 아이를 낳을 일이 없을 거라고 확신했다. 나이 차가 많이 나는 동생이 태어나고부터 엄마는 나를 공동 양육자처럼 대했고, 나는 여전히 내가 '아기'라고 느끼면서도 나보다 더 어린 여동생을 돌봐줘야만 했다. 동생에게 저지르는 내 작은 실수에도 호들갑을 떨며 나를 혹독하게 혼내는 엄마를 원망하며,

어린 아기들이란 세상에서 제일 쓸모없고 귀찮은 존재일 뿐이라며 나는 질색했다. 그랬기 때문에 혹여라도 아저씨 옆에서 잠이 드는 바람에 냄새나는 늙은 남자의 아기를 가지기라도 할까 봐 무척 겁에 질린 상태로 그 시간을 견뎠다. 그토록 험한 자리에 나를 앉힌 엄마가 미웠고 우리 셋을 놔두고 혼자 '외국'에 나간 아빠를 원망했다.

재밌는 것은 그 와중에도 아저씨 옆에서 잠드는 게 걱정된다는 말은 입에서 꺼내기조차 수치스러운 주제라는 건 또 어떻게 알았는지 엄마에게 내 근심을 털어놓지 못하고 홀로 끙끙 속앓이만 했을 뿐이라는 점이었다. 엄마가 나를 달래려고 사준 통감자를 신나게 먹고 난 다음이니 휴게소에 다녀온 직후인 듯한데, 버스를 탄 중간에 나는 아주 잠시 졸고 말았고 그 사실을 깨닫자마자 소스라치게 놀라 사색이 되었다. 터미널에 도착해 내리자마자 나는 먹은 것을 모두 다 토해냈다. 동생 때문에 지친 엄마는 구토하느라 옷을 더럽힌 나를 매섭게 혼냈고, 외할머니 집으로 가는 내내 나는 아무도 모르게 망가진 나의 인생을 비관하며 몰래 눈물 흘렸다. 몰래 울었던 건 우는 모습을 보이면 엄마가 더 혼낼 거라는 걸 알았기 때문이었다. 그땐 뭘 해도 혼나던 시절이었다. 나는 아마 여덟 살인가 아홉 살쯤 되었을 텐데 그 후 며칠 동안은 나에게 곧 아기가 생기리라는 두려움 때문에 남몰래 겁먹었고, 어느덧 그 일을 잊어버린 채 수개월이 흘렀는데, 어느 날 엄마와 엄마 친구들을 따라 들어간 극장 안에서 미성년자관람불가 영화를 보던 중, 남자와 여자가 아무 짓도 안 하고 그저 옆자리에 앉아서 잠만 잔다고 아기가 저절로 생겨나는 건 아니라는 사실을 문득 깨달았다. 극장에 데려갈 때 엄마는 우리 자매가 너무 어려서 아무것도 모르리라 판단했을 것이다. 실제로 꼬맹이들인 우리는 아무런 제지 없이 극장에 순조롭게 입장했고, 어리고 순한 내 동생은 관람석에 앉혀놓자마자 기절하듯 곯아떨어졌다. 그러나 나는 눈을 커다랗게 뜨고 충격에 휩싸여 영화를 보았다. 처음부터 끝까지 나는 영화 속 장면을 하나도 놓치지 않고 목격했다.

그때, 그 어두운 극장 안에서, 나는 내가 동양인 여자라는 사실을 처음으로 인식했다. 나는 여자였고, 동양인이었다. 영화의 제목은 '인도차이나'였다. 그 영화야말로 나에게 진정한 시네마의 첫 경험을 선사했다고 말할 수 있을 것이다. 그러니까 인도차이나 말이다. 오, 인도차이나!

한낮에 우리는 도착했다.
시간 여유가 있어서 서점이 있는 시내가 아니라 기차역에서 가까운 해변으로 자연스레 발걸음이 옮겨졌다. 길가에는 삼사 층 정도 되는 고만고만한 관광 모텔들이 줄지어 서 있었다. 하나같이 전성기가 지난 듯 외관이 허름했다. 그중 좀 번듯해 보이는 모텔 앞에는 큼지막한 물방울무늬 원피스를 입은 여자가 짝다리로 우두커니 서 있었다. 그녀는 허공을 보며 힘없이 부채를 들고 있다가 우리와 눈이 마주치자 생기 있게 부채를 흔들어대며 습관처럼 "방 찾아요?"라며 적극적으로 호객을 시작했다. R과 나는 누가 먼저랄 것도 없이 키득거리며 고개를 가로저었다. 화장기 없는 맨얼굴에 그려진 여자의 눈썹 문신이 무서울 정도로 짙었고 사나운 인상을 만들어냈는데 말투가 나긋나긋해서 더 우스꽝스러웠다. 저 여자는 우리를 뭐라고 생각했을까? 부부? 애인? 설마 친구? 뭐든 상관없었다. 남의 생각 따위. 문득 더 이상 어리거나 젊지 않아서 참 편하다는 생각이

들었다. 그런 생각조차 의식한 지 한참이나 되었을 정도로 나는 이제 나이를 많이 먹었지만.

조금 더 걸어가다 무심코 뒤를 돌아보니 물방울무늬 여자가 원래의 무표정한 얼굴로 우리를 주시하고 있었다. 가면 같은 그 얼굴 때문인지 결말을 모르는 기이한 연극 속에 들어와 있다는 생각이 들었다.

해변 입구에 들어서자마자 나는 신고 있던 샌들을 벗어 들었다. 따듯하고 부드러운 모래사장의 촉감에 아득해질 만큼 희열을 느꼈다. 조개껍데기나 해조류가 거의 섞이지 않은 하얗고 깨끗한 모래였다. 조금 걷다가 신이 나서 양손에 샌들을 든 채 기우뚱거리며 앞으로 뛰어나가자 R이 '아이쿠' 하고 과장된 앓는 소리를 내더니 나를 뒤쫓아 왔다. 우리는 한동안 어린애들처럼 이리저리 소리를 지르며 뛰어다니다가 파도와 모래가 부딪치는 경계 지점에 이르러 멈춰 섰다. 한쪽 하늘에는 시커멓게 먹구름이 꼈지만 다른 쪽은 거짓말처럼 고운 빛의 옅은 파스텔 톤 하늘이 펼쳐졌다. 우리는 더 예쁜 쪽을 바라보며 잠시 말없이 서 있었다. R이 긴 팔로 내 허리를 감싸 안았다. 나는 그의 가슴에 기대어 두 눈을 감았다. 이대로 인생이 끝나버린다면 어떨까. 이전 삶이란 게 존재하지 않았던 것처럼, 완전히 엉뚱한 방향으로 굴러떨어진다면.

 R이 주머니에서 진동하는 휴대폰을 꺼내 번호를 확인하더니 짐짓 곤혹스러운 표정을 지었다. 표정만 봐도 어떤 전환지 짐작이 갔다. 요 몇 달 R은 그가 속한 회사에서 일하던 제작부 스태프에게 스토킹에 가까운 괴롭힘을 당하고 있었다. 문제의 인물은 막내 때부터 R을 무척 따랐고 성격이 서글서글해서 경력보다 빨리 제작부장 자리를 달았는데 상습적으로 돈 계산이 부정확했던 바람에 여러 차례 경고를 받은 다음에도 나쁜 버릇을 고치지 못해 결국 잘렸다고 했다. 선배인 R이 총대를 메고 좋은 말로 둘러대며 그만 나오라는 말을 전했는데 어째서 자기를 해고하는지 구체적인 사유를 대라며 집요하게 따져 물었고, 수차 대화에 응해준다는 게 그만 R에 대한 개인적인 반감으로 이어진 듯했다. 여기까지 내려와서 또 그 전화를 받다니. 흘겨보는 나를 다독이며 통화를 시작하려는 R을 두고 나는 혼자서 해변을 좀 더 걷기로 했다. 짭조름한 바다 냄새와 물기 젖은 모래밭, 발목을 적시는 시원한 파도가 다시금 마

음을 촉촉하게 만들었다. 집착을 말아야지. 진짜 사는 게 별거 없다니까. 나는 심리상담사가 조언해준 대로 상황이 완벽하지 않아도 쉽사리 실망하지 않기로 했다. 사실 이 정도로도 요즘은 만족스러웠다. 예전에 젊었을 때는, 그래봤자 칠팔 년 전일뿐인데, 몸에 기운이 넘쳐서 그 남는 기운으로 주말마다 서핑을 하러 다녔다. 여름이면 매주 버스를 갈아타고 강원도 양양에 가서 파도를 타니 마니 하며 고생을 자처했던 것이었다. 그때 속 편히 놀러만 다니지 말고 없는 돈이라도 모조리 끌어다가 집이든 땅이든 뭐든 하나 사뒀어야 했는데. 나는 전혀 '작가'답지 않은 상념에 사로잡힌 채 해변 끄트머리에 있는 언덕을 향해 걸었다. 이토록 속물적인 생각에 빠져 있다는 걸 아무도 눈치채지 못하겠지. 서점에 가기 전에는 되도록 작가 모드로 전환해야 할 텐데. 나는 죄책감에 가까운 심정으로 최근에 읽은 책 내용 중 가장 고상한 부분을 떠올려보고자 고심했다.

어느덧 해수욕장이 끝나는 지점에 다다르자 언덕 너머로 풍경이 완연히 달라져 있었다. 크고 작은 어두운 빛깔의 바위들이 군데군데 흩어진 가운데 머리를 검은색으로 짙게 염색한 노인이 브래지어와 팬티만 입은 채 물속으로 천천히 걸어 들어가고 있었다. 노인이 뒤를 돌아본다. 얼굴 없는 시커먼 공동. 노인이 뒤를 돌아보지 않는다. 아무것도 달라진 건 없다. 나는 뒷모습을 멍하니 바라보고 있다가, 내가 도대체 무얼 보고 있는 거지, 하고 시선을 돌렸다.

R이 서 있는 곳으로부터 상당히 멀리 와 있었다. 그는 같은 자리에서 맴을 돌며 주머니에 손을 넣었다가 이마를 짚었다가 하며 심각한 분위기로 전화를 받고 있었다. 그 모습이 어릴 적 기억 속의 아빠와 비슷해서 어쩐지 콧등이 시큰해졌다. 사진이 찍고 싶어져서 휴대폰을 꺼내 카메라 앱을 켜고 프레임을 잡는데 거리가 너무 멀어서인지 확대한 이미지가 흐리멍덩했다. 우리 관계처럼. 이도 저도 아닌. 의미 없는. 나는 멍하니 넋을 놓고 있다가 나도 모르게 이대로 그냥 서울로 혼자 가버린다면 어떻게 될지를 상상해봤다. 폰도 다 꺼두고 말이지. 홀연히 증발해버린다. 무엇으로부터? 그로부터. 무의미로부터. 내가 사라진 뒤 그가 홀로 모래밭을 뛰어다니는 모습을 떠올려보았다. 전화받는 사이에 애인이 없어졌어요. 그는 헐레벌떡 경찰에 신고하고

비밀이었던 우리 관계가 그의 가족들에게도 알려진다. 그리고, 그리고, 아니지, 아마 그런 일은 없을 것이다. 그러기에 나는 너무 이성적이었다. 일단은 북토크에 참석해야 하고……

올 때는 특별히 의식하지 못했었는데 젖은 모래사장의 경사가 상당해서 똑바로 걷기가 힘들었고 마른 모래 쪽으로 걷자니 발이 푹푹 꺼져서 그쪽도 만만치 않았다. 이렇게 안 쓰는 근육을 왕창 썼으니 내일은 영락없이 죽었구나 싶었다. 지나는 길에는 전에 눈에 띄지 않았던 여자 두 명이 모래사장에 돗자리를 펴고 오순도순 앉아 있었다. 신경을 긁는 소리가 반복적으로 들려 유심히 쳐다보니 양산을 든 사람의 어깨 위에 고운 연둣빛 앵무새 한 마리가 올라타 '안녕하세요, 안녕하세요' 하고 계속 같은 소리를 내는 중이었다. 새가 없는 다른 사람은 두 손으로 작은 새장의 프레임을 붙들고 있었다. 철장 밖으로 나왔는데도 앵무새는 멀리 날아갈 시도조차 하지 않고 '안녕하세요'만 반복하며 제자리걸음을 할 뿐이었다. 날아가도 별수 없다는 걸 잘 알고 있나 보다 생각했다. 자유의 대가를 아는 앵무새라니, 기특하네.

"가까이 와서 보세요."

내 시선을 의식했는지 새장을 들고 있던 곱슬머리 여자가 말을 건넸다. 나는 머뭇거리다가 여자들 쪽으로 다가갔다.

"만지는 건 안 되는데 보는 건 괜찮아요."

나는 돗자리 옆에 쪼그리고 앉아 앵무새를 자세히 살펴보았다. 이렇게 작고 볼품없는 앵무새라니. TV에서 보는 것과는 좀 달랐다.

"정말 예뻐요. 다른 말도 할 줄 아나요?"

"아니요. 안녕하세요밖에 못 해요. 얘 바보예요."

한 여자가 대답하고 다른 여자가 과장되게 고개를 끄덕였다. 그러자 앵무새가 '바보예요, 바보예요'라고 말하기 시작했고, 여자들을 따라 나도 크게 웃었다.

해변을 빠져나와 기차역 쪽으로 돌아오는 길에 급작스레 소나기가 내렸다. 서둘러 역 안으로 뛰어 들어가 비를 피하려는데 영화제작자답게 R이 미리 날씨를 체크하고 왔다며 가방에서 작은 삼단 우산을 꺼냈다. 나는 기쁨의 탄성을 질렀다. 늘 한쪽으로 메고 다니는 그의 슬링백 안에는 그때그때 필요한 용품들이 항상 정확한 타이밍에 나오곤 했기에 이런 순간을 내심 기대하는 편이었음에도 나는 매번 놀랐다. 기차가 도착한 직후라 비좁은 역사는 사람들로 가득했고 그들에게서 뿜어져 나오는 열기를 감당하지 못해 에어컨이 세차게 돌아가고 있음에도 안은 숨 막힐 듯 더웠다. 찜통에서 탈출하듯 우리는 기세등등하게 거리로 나섰다. 우산 하나에 의지해 폭우를 헤쳐 나가기로 결정한 것이었다. 위험을 감지하고도 어디론가 뛰어드는 걸 멈출 수 없는 모험가들처럼.

비가 오는 바다 산책길을 십여 분 정도 걸어가니 어느덧 항구를 중심으로 형성된 횟집 타운으로 들어섰다. 우리의 목적지는 해변의 모래사장에서 R이 검색으로 찾아냈다는 횟집이었다. 꼭 거기일 필요가 있을까, 나는 언제나 좀 더 즉흥적인 여행을 원하지만 R과 다니려면 타협이 필요했다. 그는 꼭 거기여야만 한다는 사람이었다. 그 이유란 게 내게는 그다지 설득력이 없어 보이더라도 말이다. 횟집 타운은 고즈넉하다시피 한 해수욕장과는 상반된 분위기였다. 왼쪽에는 이차선

도로 건너편으로 엇비슷한 횟집이 한 줄로 빽빽하게 늘어서 있었고, 오른쪽으로는 인도를 감싸는 울타리 바로 너머로 가파른 낭떠러지와 깊은 바다가 펼쳐졌다. 비바람이 세차게 몰아쳐 검푸른 파도가 석기 시대의 칼날처럼 투박한 바위 곁에 무참히 부서지며 철썩였다. 나름 휴가철이라고 길거리에 차고 넘치던 사람들은 비가 오자마자 썰물 빠지듯 어디론가 모두 사라진 후였다. 다 어디로 기어들어 갔는지. 이럴 땐 사람들이 꼭 개미 같지 않아? 우르르 우르르 다 같이 몰려다니는 게. 내가 중얼거리듯 말을 건넸으나 R은 듣지 못한 듯했다. 내 목소리가 작은 건지 R의 청력이 약해진 건지. 아마 내 목소리가 작았으리라. 때때로 독립책방에서 마이크 없이 북토크를 하고 난 다음이면 작가 목소리가 잘 들리지 않아 아쉬웠다는 후기를 여러 번 읽은 적이 있었다. 전혀 공격적인 뉘앙스가 아닌데도 그건 이상하게 나를 좌절시켰다. 어렸을 때부터 비슷한 얘기를 많이 들어서일 것이다. 난 언제나 주눅 든 아이였다. 앞에 세 사람만 앉아 있어도 수줍어서 단 한 마디도 꺼내지 못하는 기백 없는 꼬마였다. 그랬던 내가, 남들 앞에서 떠들겠다고 몇 시간씩이나 이동해서 다른 도시에까지 와 있다니. 그리고 그걸 벌써 이십 년이나 하고 있다니. 맙소사. 가끔은 내가 왜 이 짓을 하고 있나 회의감이 들 때도 없지 않았지만, 매번 행사를 끝내고 나면 난해한 수학 문제를 푸는 데에 성공한 것처럼 기분이 고양되는 것도 사실이었다. 내가 다른 사람이라도 된 듯 의기양양해졌고 더 나은 사람이 될 수 있다는 격려를 받은 것도 같았다. 어쩌면 나는 나 자신이 아닌 다른 누군가가 되기 위해 글을 쓰고 있는 것일까…….

작은 섬 같은 우산 안에서조차 급작스레 외로움이 밀려왔다. 그런 내 마음을 알아차리기라도 한 듯 R이 손에 힘을 주어 내 어깨를 다시 감싸 자기 쪽으로 슬며시 당겼다. 보통 때는 내리누르는 듯한 팔의 무게가 성가셔서 금방 손으로 쳐내곤 했는데 이번엔 왠지 그런 동작이 싫지 않았다. 언제까지 우리가 이럴 수 있겠어. 모든 건 지금뿐이야. 날씨 탓에 나는 맘껏 센티멘털해졌다. 세상이 망하고 우리 단 두 사람만 살아남아 거리를 걷고 있다는 기분이 들었다. 그게 더할 나위 없이 아늑함을 주었다. 사촌조카가 말한 남미새란 게 이런 거겠지. 하지만 난 그다음도 알았다. 관계란 영원하지 않다. 그것은 이미 조금씩 균열이 가고 있는 중이었다. 가슴 아픈 일만은 아니다. 왜냐면…… 언젠가 R과 헤어지더라도 이 거리의 쓸쓸한 잔상과 지금의 이 생생한 감각만큼은 나만의 것으로 남으리라는 것, 그리고 이 모든 순간이 내가 글을 쓰기 위해 살아내는 나를 위한 시간의 전조일 뿐이라는 것. 그것 역시 나는 아주 잘 알았<u>으므로</u>.

우리가 찾아 들어간 횟집은 작은 건물 하나를 통째로 영업장으로 사용하는 음식점이었다. 40년 전통의, 라고 쓰인 네온사인. 저건 대체 언제 설치한 걸까. 낡은 상태로 짐작건대 십 년 이상은 족히 된 것 같은데. 갱신되지를 않네, 전통은. 사장 포스를 완연히 풍기는 오십 대 여자가 우리를 빠르게 위아래로 훑어보고는 프로 같은 태도로 반기는 시늉을 했다. 다정한 태도였지만 저런 상대라면 전혀 싸우고 싶지 않다는 생각이 들 정도로 강인한 인상을 주는 사람이었다. 조리실이 있는 일 층은 이미 손님들로 북적이는 통에 우리는 이 층으로 안내되었다. 좁고 가파른 계단을 올라가니 '파리 날린다'라는 말이 곧바로 생각날 정도로 휑한 공간이 나왔다. R과 나는 바다가 잘 보이는 창가 쪽 넓은 테이블로 자리를 잡았다. 비 때문에 샌들은 물론이고 슬랙스가 무릎 아래까지 반쯤 젖은 상태였다. 나와 달리 R은 발목 정도만 조금 젖었을 뿐 말끔해 보였다. 그는 매사에 행동이 조신한 편이었다. 나쁘게 말하면 깍쟁이 같은 면이 있었다. 본인은 그걸 잘 모르는 듯 행동하지만.

모둠회로 메뉴를 정하고 소주를 주문할지, 탄산수 정도로 타협을 볼지 내가 망설이자, 우리에겐 낮술이 필요한 것 같은데, 하고 R이 내 소설의 문구 하나를 자기 대사처럼 자연스럽게 읊고는 당연하다는 듯이 소주 한 병을 추가로 주문했다. 슬램덩크 티셔츠를 입은 아르바이트생은 들은 척 만 척 성의 없는 느낌으로 계단 옆에 있는 개방형 냉장고를 고갯짓으로 가리키더니 주방 쪽으로 내려갔다.

"저거 가져다 마시라는 뜻이지?"

"그런 것 같은데."

R이 벌떡 일어나 소주를 가지러 갔다.

우리에겐 낮술이 필요한 것 같은데. 그 대사를 기억하다니. 정말 하찮은 장면에서 주인공도 아닌 인물이 지나가듯 하는 말이었다. 내 소설은 자기 일이기도 했으니까 R이 한 문장 정도를 기억하는 건 그다지 놀랍

지도 않은 일인데 아까부터 나는 약간 감격해버린 상태였다. 누군가에게 애정을 느끼는 데에 이렇게 기대치가 낮아도 되는 걸까.

"아까 전화 온 거, 얘기는 잘 끝났어?"

나는 그가 해고했다는 사람을 떠올리며 물었다. 최근 들어 전화 오는 빈도가 잦아졌다는 생각이 들었다.

"명일이?"

"맞다. 명일 씨였지. 그 사람 예전에 같이 술을 한번 마셨는데도 이름을 자꾸 까먹네."

때마침 기다렸다는 듯이 R의 휴대폰 진동이 울리기 시작했다.

"이 새끼, 양반은 아니네."

"또 그 사람이야? 독하네, 독해. 그냥 받지 마. 서울 가서 얼굴 보고 좋게 얘기해. 자꾸 이러는 거 보니까 뭐가 더 있는 거 같아, 이 사람."

R은 한숨을 쉬며 휴대폰을 내려다보다가 만사 귀찮은 듯 옆으로 치워놓았다. 진동이 한동안 계속되더니 한참 만에야 멈췄다.

"아 진짜. 얘 때문에 정말 미치겠다."

"뭐라는데?"

"똑같지 뭐. 자기 살려달라고."

"심각한 상태 아니야? 그게 그럴 일인가."

"내가 들어보니까 명일이 그놈이 다른 현장에서도 사고를 많이 쳤더라고. 어릴 때야 서로 좀 봐주면서 적당히 넘어간 모양인데 제작부장까지 돼서 그러면 일이 커지지. 진짜 감당이 안 돼."

"언뜻 봤을 때는 멀쩡해 보였는데. 그전엔 그렇게 유난한 걸 정말 몰랐어?"

내 말이 자기를 탓하는 것으로 들렸는지 R이 돌씹은 표정으로 시선을 돌렸다.

"아예 몰랐던 건 아닌데, 불쌍하잖아. 하는 일 없이 그냥 놀고 있는 게. 내 무덤 내가 판 거지. 아, 됐어. 술맛 떨어진다. 그만 얘기하자."

나는 여전히 명일 씨라는 사람이 궁금했지만 더 이상 캐묻지 않고 그를 따라 소주를 한 잔 마셨다. 빈속인데 소주가 달았다. 그사이에도 문자가 오는지 R의 휴대폰 진동이 여러 번 울렸다. 원래 잘해주는 사람을 더 만만히 여기고 원망스러워하는 게 인간의 마음인데 R이 명일 씨를 확실히 끊어내지 못하는 게 답답했다. 휴대폰을 무음으로 바꿔놓고 울적한 표정으로 앉아 있던

R이 마침 생각났다는 듯 눈을 반짝이며 갑자기 주섬주섬 가방을 열더니 내게 손을 내밀어보라고 말했다. 하라는 대로 했더니 이번엔 눈을 감아보라고 채근했다. 다시 하라는 대로 했더니 그가 손에 넓적하고 차가운 물건을 내려놓는 감촉이 느껴졌다. 눈을 떠보니 매끄럽고 완벽한 타원형 형태의 돌 하나가 손바닥 위에 놓여 있었다. 해변에서 주운 돌이었다. 기차역에서 우산을 꺼냈을 때처럼 나는 작게 감탄했다. 마음에 쏙 드는 선물이었다.

바깥에는 그치지 않고 비가 쏟아졌다. 소주를 두 병쯤 비웠을 무렵 핑크색 야구모자를 쓴 여자가 두리번거리며 실내로 들어섰다. R과 나는 우리 외에도 손님이 왔다는 게 반가워서 주정뱅이들처럼 여자에게 한마디씩을 하며 반겼고 야구모자를 쓴 여자는 어색하게 웃으며 우리와 제일 멀리 떨어진 테이블에 주저하며 자리를 잡았다. 여자는 가방에 남아 있는 빗물을 털어내다가 그 자리에서는 바다가 보이지 않는다는 사실을 깨달았는지 바로 다시 일어나 우리와 좀 더 가까운 쪽 테이블로 옮겨 앉았다. 구석에서 휴대폰만 보던 슬램덩크가 우리에게 그랬듯이 여자에게도 성의 없게 물을 가져다주고는 주문을 기다렸다. 일부러 엿들으려던 건 아닌데 실내가 한적해서 여자가 성게비빔밥 한 그릇을 시킨 뒤 추가로 맥주를 주문하는 소리까지 다 들렸다.

"술은 자기가 직접 가지고 와야 해요."

R이 의자에 손을 얹고 몸을 반쯤 돌린 채 말해주었다. 여자는 다시금 어색한 웃음을 지으며 슬그머니 일어나 냉장고에서 맥주 한 병을 꺼내 갔다.

잠시 후, 슬램덩크는 어딜 갔는지 주인 여자가 직접 커다란 쟁반을 들고 와 야구모자 여자에게 음식을 가져다주었다. "초고추장 말고 간장 소스만 조금 넣고 살짝 비벼 드세요." 주인 여자가 예의 그 싹싹하고 친절한, 그러나 거역하면 안 될 것 같은 말투로 팁을 주고는 잽싸게 몸을 돌려 일 층으로 도로 내려갔다. 내가 건너편 쪽의 여자를 유심히 보고 있자 R이 뒤를 한 번 흘끔 돌아보았다.

"우리도 성게비빔밥 시킬까?"

"아니."

내가 목소리를 낮추며 말했다.

"이번엔 돌아보지 말아봐. 저 사람, 내가 아는

사람하고 많이 닮은 것 같아."

"젊은데? 당신 소설 수업 듣던 학생인가?"

"아니. 학생들은 다 기억하지."

"다? 진짜?"

"말이 그렇다고."

"우리 북토크 들으러 온 팬일까?"

"뭐라니."

타박하는 말투였지만 나도 모르게 입꼬리가 올라가는 것을 느꼈다. 이번에는 R이 스스로 더 목소리를 낮추며 물었다.

"나 아까부터 궁금했던 게 있는데 슬램덩크는 사장 아들이겠지?"

"슬램덩크?"

슬램덩크가 아르바이트생을 지칭한다고 뻔히 알아들었음에도 나는 반문했다. 내 말을 듣지 않고 자기 하고 싶은 말을 꺼내려나 보다 싶었다. 여전히 목소리를 낮춘 채로 R이 말을 이었다.

"알바생 말이야. 사장 아들인 것 같아. 일도 제대로 안 하면서 빈둥거리기만 하잖아. 아마 방학 때만 잠깐 나와서 일하는 척하다가 나중엔 이 집 물려받겠지. 결혼하고 나선 아내한테 운영 다 맡기고. 자기는 밖으로 막 놀러 다니고."

"부러운 인생이네."

R이 내심 슬램덩크의 운명을 질투하는 것 같아 나도 모르게 중얼거렸다. 이 사람은 영화 말고 다른 일을 하고 싶은 걸까?

"그러고 보니 역 앞 모텔 기억나?"

내가 마침 생각났다는 듯 물었다.

"그 눈썹 문신?"

"여긴 동네가 좀 그런가 봐. 일은 여자들이 하고. 남자는 없고. 한마디로 여자들의 도시랄까."

"아깝다. 참 아까워. 나 같으면 이거 새로 리모델링해서 뭔가 다른 거 하고 싶었을 텐데. 봐, 여름 성수기인데 손님도 없이 텅텅 비었잖아."

R의 말을 듣고 있자니 문득 이상한 감정에 사로잡혔다. 지금과 같은 상황이 여러 번 반복된 듯한 묘한 느낌이었다. '손님도 없이 텅텅 비었잖아' 같은 대사에 이르자 특히 더 기시감이 들었다.

"당신, 방금 한 말 그거 뭐야?"

"응? 뭐가?"

의미심장한 표정으로 내가 되묻자 당황한 듯 R의 눈동자가 급격히 흔들렸다. 순간적으로 자기가 무슨 실수라도 저질렀는지 되짚어보는 듯했다.

"슬램덩크? 리모델링? 눈썹 문신?"

다 아니었다. 나는 긴가민가해서 고개를 갸우뚱했다. 딱히 내용이 겹친다기보다는 흡사한 상황이 반복된다는 느낌에 가까웠다. 모호한 감각을 붙잡으려니 꿈을 기억해내려는 때처럼 마음이 갑갑했다.

"이상해. 지금 우리가 하는 말이 영화 속에 나오는 대사처럼 어디선가 들었던 내용이라는 느낌이 강하게 들었어."

"아, 그 느낌."

R이 뭘 이해하겠다는 듯 맞장구를 쳤지만 반쯤은 또 시작이냐는 어투로 시큰둥한 얼굴이 되었다. R에 따르면 나는 뭐 하나 작은 걸 예사롭게 넘기는 법이 없는 예민한 여자다. 하지만 나는 나대로 진지했다.

"그리고 지금도 너무 이상해. 예전에 우리가 이런 대화를 이미 한 것 같아. 뭔가 보이지 않는 연결된 부분을 건드린 것 같다고."

R이 부정적인 얼굴로 나를 쳐다봤다. 나는 아마

미간을 잔뜩 모으고 눈을 가늘게 뜨고 있었을 것이다. 물론 나도 알았다. 이런 대화를 한 적이 꽤 잦았고, 그때마다 정체 모를 그 느낌만을 부르짖다 공허하게 대화가 수그러들었다는 것을.

"지금 상황을 이전에도 그대로 경험한 듯한 그런 느낌 있잖아, 그 뭔가 좀 아련하고 그립고 닿을 수 없고."

"데자뷔?"

"아니, 나도 알지, 데자뷔는. 그거 말고 다른 말이 더 있었는데……."

내 느낌을 좀 더 잘 설명하고 싶어 적당한 단어를 찾으려 골몰했지만 이미 취기가 올라와서인지 머리가 제대로 돌아가지 않았다.

"그러니까 이번엔 좀 남다른 점이, 그 느낌이라는 게 내가 지금 이 자리에 있는 게 아니고, 저 여자가 앉아 있던 저 자리에 있었던 것 같은, 약간 어긋난 느낌이라는 거야."

나는 R의 어깨 너머로 야구모자를 다시 한번 쳐다봤다. 내 시선을 따라 R도 여자가 있는 쪽을 돌아다봤다. 여자는 귀에 이어폰을 꽂고 꿈꾸는 듯한 얼굴로 멍하니 바다를 보고 있었다. 나는 기억 아닌 기억을 더 구체화하고 싶어서 정신을 집중했다.

"그러니까 저 야구모자의 시점으로 우리를 경험했다는 거지?"

"비슷해. 내가 저 여자고, 우리 자리에는 우리 말고 다른 커플이 앉아 있어. 그런데 그 사람들은 우리보다 나이가 훨씬 더 많아. 남자는 육십 대 초반. 상대 여자도 아마 그 정도는 됐겠지. 연인은 연인인데 부부는 아니고 사귄 지 얼마 안 돼서 같이 여행을 왔어."

"그걸 어떻게 알아?"

"남자가 주인 여자를 부를 때 '고모'라고 하니까, 여자가 왜 주인을 '이모'라고 안 부르고 '고모'라고 부르냐며 의아해했거든. 보통 음식점에서 일하시는 분 호칭을 '이모'라고 하잖아. 그러니까 남자가 해명하기를, 자기는 어렸을 때부터 이모보다 고모하고 더 친해서 그렇게 부르는 게 훨씬 더 편하다고 했어. 그래서 난 이 사람들이 겉으로는 오래된 부부처럼 보일지 몰라도 실은 부부가 아니라는 사실을 눈치챘지."

"음, 그럴듯한 추측이네. 비는? 비도 왔어?"

R은 반쯤 포기한 듯 내 말에 적극적으로 응했다.

"비도 왔지. 그리고 금방 그쳐."

"그다음엔?"

"그다음엔……."

나는 기를 모으려고 눈을 감았다.

"무지개. 무지개가 있어."

내 말이 끝나자마자 우리는 동시에 창밖 너머를 바라보았다. 어느새 비가 뚝 그치고 해가 비쳐 날이 환해진 뒤였다. 그리고 짙은 바다 위로는 이제껏 단 한 번도 보지 못한 거대한 무지개가 선명하게 떠 있었다.

하얀 승용차 한 대가 도로변에 부드럽게 멈춰 섰다. R과 나는 패잔병처럼 횟집 타운을 상징하는 플라스틱 문어 앞 벤치에 맥없이 주저앉아 있다가 벌떡 일어났다. 차주가 밖으로 나오며 어디론가 전화를 걸었고 그때까지만도 긴가민가하던 나는 휴대폰이 울리자마자 그녀가 바로 우리가 기다리던 그 사람이라는 것을 알아차릴 수 있었다. 빳빳하게 다린 흰 셔츠를 입은 서점 주인의 말끔한 모습을 마주하자 곧 죄책감이 밀려들었다. 많이 마시진 않았으나 우리에게서 술 냄새가 날 게 자명했다. 자제한다고 자제한 게 두 병이었다. 원래는 회를 먹는 김에 소주 딱 한 잔씩만 간단히 마시자 했는데 그만 두 병이나 들이붓고 만 것이었다. 그래도 완전히 취했다는 생각은 들지 않았다. 원하는 대로 할 수만 있었다면 지금쯤엔 이차를 가야 마땅했겠지만, 우리에게는 할 일이라는 게 남아 있었다. 그놈의 북토크.

    서점 주인이 보낸 확인 문자를 받고서야 횟집에서 서점으로 이동하기 위해 택시를 불러야겠다는 생각이 뒤미처 들었다. 예상과 달리 택시 콜은 쉽게 잡히지 않았다. 번갈아 여러 어플리케이션으로 시도를 해봤으나 영 가망이 없어 보였다. 이 도시에는 영업하는 택시 자체가 몇 대 없는 것 같았고 그나마도 저녁 식사 시간이 다가오자 그 모두가 운행을 일제히 멈춰버린 듯했다. 횟집 주인이 알려준 지역 번호마저 소용없다는 걸 깨닫자 나는 절망했다. 차를 타고 가는 시간만으로 보자면 비교적 가까운 거리였지만 걸어가기엔 너무 멀었고 걸어가서는 북토크 시작 시간 전에 도착할 수도 없었다. 대중교통 시스템 역시 서울처럼 촘촘하지 않아서 우리의 역량만으로 행사 시간에 맞춰 가기란 불가능해 보였다. 다급해진 나는 어쩔 수 없이 서점 측에 전화를 걸어 우리를 좀 데리러 와주십사 하고 부탁할 수밖에 없었다.

"네?"

제대로 들었으면서도 되묻는 신경질적인 목소리. 나는 처음보다 약간 더 비굴한 어조로 당신이 이쪽으로 와서 우리를 좀 데리고 가주십사 재청했다. 서점 주인은 이내 상황을 파악했다는 듯 자기가 금방 달려가겠으니 전화나 잘 받으라고 당부했다. 서점 주인의 말이 전화'를'이 아니라 전화'나' 잘 받으세요, 라고 끝났다는 점이 신경 쓰였으나 상대방 말투에 비위가 상하고 말고 할 처지가 아니었다.

"임수란 작가님이랑 피디님 맞으시죠."

차에서 내린 서점 주인이 휴대폰을 한 손에 든 채 확인 사살하듯 물었다. 둥글둥글하지만 어쩐지 차가운 인상이었다.

"저요, 접니다."

"얼른 타시죠. 지금 가면 많이 늦진 않겠어요."

상대적으로 뻣뻣한 R을 의식하며 나는 "죄송합니다"를 연발하면서도 너무 굽신거리는 것처럼은 보이지 않으려고 노력했다. R은 고개를 한 번 까딱했을 뿐인데 어쨌거나 자기는 게스트고 사례비에 여행 경비는

포함되지 않았으니 애초에 그렇게 미안해할 필요가 없다는 게 그의 입장이었다. 평소에는 티가 나지 않는데 역시 상업적인 일을 하는 사람이라 그런지 마인드가 다르구나, 생각했다.

차를 타고 십 분가량 지나니 마음이 차츰 진정됐다. 소란을 일으킨 듯했지만 그래도 이대로라면 제시간에 잘 도착하겠다는 생각이 들어 안도했다. 저녁인데도 날은 아직 훤히 밝았다. 날이 밝다는 게 일종의 농담처럼 느껴져서 휴대폰을 들어 창밖 사진을 한 장 찍었다. 내내 조용히 운전만 하던 서점 주인이 문득 떠올랐다는 듯 "작가님, 작가님은 제가 생각했던 이미지랑은 좀 다르시네요"라고 약간의 빈정거림이 섞인 어투로 말을 걸어왔다. 나는 그게 또 무슨 뜻이냐고 따져 묻지 않았다. 그 대신 바보처럼 "그런가요" 하고 웃기만 했다. R과 눈이 마주치자 그가 어깨를 으쓱하며 이 상황이 재밌다는 듯 눈을 한 번 굴렸다.

몇 분 뒤, 서점 주인이 뒤편에 있는 공터에 차를 대고 돌아오겠다며 우리를 먼저 서점 앞 길가에 내려주겠다고 했다. R과 나는 그녀가 시키는 대로 순순히 차에서 내렸다.

　　서점은 역시나 규모가 상당했다. 지방은 서울보다 임대료가 저렴해서인지 넓은 일 층 공간을 전부 다 매장으로 쓰고 있는 듯했다. R과 나는 각자 유리창에 스스로를 비춰 보며 옷매무새를 다듬었다. 바지와 샌들이 그새 다 낡았지만 처음 이 도시에 도착했을 때보다는 어쩐지 추레해졌다는 생각이 들어 기운이 푹 빠졌다. 내가 나인 게 마음에 안 들었다. 어느 모로 봐도 오늘의 주인공처럼은 보이지 않았다. 왜 나는 나일까. 우리는 왜 우리일 뿐일까. 책을 쓸 때의 '나'는 이제 없는데, 그 애는 이미 사라졌는데. 이야기는 끝이 나버렸는데. 나는 다 싫어져서 그대로 도망가고 싶은 심정이 되었다.

　　그래도 여기까지 왔으니 힘을 내야지.

　　나는 맥없이 몸을 돌려 건물 입구 쪽으로 다가갔다. 그다음 일어난 사건은 순식간에 벌어졌다. 갑자기 출입문이 벌컥 열리고 성난 표정을 한 젊은 남자가 엄청난 기세로 밖으로 튀어나왔다. 당당한 얼굴은 해방군처럼 빛이 났다. 그 빛이 실은 남자가 품 안에서 꺼낸 번뜩이는 물체에서 반사된 것이었음을 알아차리는 데는 그리 오래 걸리지 않았다. 그것이 날카로운 흉기처럼 보여 나는 소스라치게 놀랐고 일순 몸이 굳어 움직일 수 없었다. 남자는 나를 흘깃 내려다보더니 필요 없는 물건을 옆으로 치우듯 단숨에 세차게 밀치고는 성큼성큼 나아갔다.

"명일이 너……."

R의 주저하는 목소리가 바로 뒤편에서 들렸다. 아무런 예측도 대응도 준비하지 못한 목소리. 영원히 증발해버릴 나의 과거. 나의 노스탤지어.

바닥에 쓰러진 채 나는 울부짖었다. 그러면 악몽에서 깨어나기라도 할 것처럼. 아빠가 나를, 우리 여자들을 두고 영영 떠나버린 다른 어떤 날과 마찬가지로.

조용하고 먼

1

그것은 저장되지 않은 번호였다.

어쩐지 숫자가 눈에 익어서 윤경은 무심코 수화기 모양의 아이콘을 옆으로 밀어젖혔다. 아차차 싶었을 때는 이미 상대방과의 통화가 시작된 상태였다. 윤경은 잠시 망설이다가 휴대폰을 귀에 가져다 댔다.

나야, 승혜.

또 너구나.

지난번에는 많이 놀랐지? 너무 오랜만에 연락해서……

어, 좀 정신이 없었네. 병원이었거든. 통화할 수

가 없었어.

그랬구나. 어디가 아프니?

내가 아니고 이모가 좀.

많이 편찮으셔?

글쎄. 수술은 잘됐다는데 걱정이네. 예후를 더 지켜봐야지.

어떡하니. 너한텐 엄마 같은 분이시잖아.

그런 걸 다 기억하네.

그러게. 기억이 나네. 이모님 얼굴도 생각나는걸. 얼른 쾌유하시기를 빌게.

그나저나 내 번호는 어떻게 알았어?

규민 오빠가 가르쳐줬어.

둘이 계속 연락했어?

아니, 규민 오빠만 쓰던 번호가 그대로더라고.

규민 오빠는 좀 그렇지. 고지식해가지고. 그런데 그 인간도 연극은 그만뒀어.

그만뒀다고?

얘기 안 해?

안 했어. 나라서 얘기 안 했을지도 모르겠네.

지금은 그만둔 사람이 더 많으니까. 굳이 말하

고 싶지 않았던 걸지도.

　　　　규민 오빠만큼은 계속할 줄 알았는데.

　　　　그렇지. 현아 언니도 오래전에 그만뒀잖아.

　　　　그 언니는 그만둘 줄 알았어.

　　　　그랬어? 너 학교 다닐 때는 현아 언니랑 꽤 친했잖아.

　　　　언니는 처음부터 인생이 너무 복잡했어. 돈을 벌어야 했잖아. 애초에 가는 길이 완전히 달랐던 것 같아.

　　　　지금 보면 참 현명하게 빠져나갔네. 어차피 다 관둘 텐데.

　　　　어쩌면…….

　　　　다 돈을 벌어야 되고.

　　　　그래, 결국엔 다 돈을 벌어야 하지.

　　　　예술이니 뭐니 했던 때가 순진해빠졌던 거지.

　　　　음…….

　　　　우리 기수 중에 살아남은 사람은 아마 강주가 유일할 거야.

　　　　강주? 내가 아는 강주인가?

　　　　그래, 그 강주.

　　　　걘 좀 평범했는데.

교수도 하고 결혼해서 잘 먹고 잘산다더라.

작품도 별로였어.

아부를 잘했잖아. 공식 예스맨.

너는? 뭐 준비하는 게 있니?

나? 나도 완전히 그만뒀다고 봐야지. 이제 너무 옛날 사람이 됐어, 세상이 많이 변했으니까.

오해하진 마. 나한테라서 그렇게 얘기하는 거니?

…….

그런 거니?

그렇게 생각해?

조금. 조금은 내 탓 같네.

그래도 상관없어.

이제 상관이 없니?

별로 말하고 싶지가 않다고. 연극에 관해서는 말이야.

그렇구나.

…….

마음이 닫혔나 봐.

많이 다쳤냐고?

아…….

승혜야, 나 솔직히 너랑 통화하는 게 편치 않아. 용건이 있으면 어서 얘기하고 끝내자.

난 그냥 너랑 이야기가 하고 싶어서…….

그러니까 무슨 얘기?

…….

우리 졸업한 지 거의 이십 년이나 됐잖아. 그런데 이렇게 불쑥 연락해서 하고 싶은 얘기라는 게 도대체 뭔데?

그냥 사는 얘기랑 연극 얘기.

사는 얘기라. 나는 별로 하고 싶지 않아.

왜?

너도 알잖아.

모르겠어.

…….

그러니까 상대가 나라서 말하기 싫다는 거니?

그래. 그렇겠다. 참 날카로워 너는. 그런 생각 해본 적 없지?

나 지금 취조당하는 거 같다?

미안해.

…….

그런데 들었어? 나 사실 한국에서 살지 않아. 아주 먼 곳에 있어.

몰랐네. 별로 궁금하지도 않았지만.

여기 있으면 옛날 생각이 많이 나. 대화할 사람이 별로 없거든. 하루 종일 아무하고도 아무 말도 하지 않는 날이 더 많아.

그렇군.

이상해. 사람을 만나지 않으니까 예전 일들이 더 생생히 기억나. 바로 어제 일어난 일처럼 말이야.

어제?

그래, 어제. 단지 하룻밤 만에 내 주변 세상이 완전히 변한 것처럼. 그러다 한번 네 생각이 나니까 멈출 수가 없었어.

갑자기?

네게는 갑자기일 수 있겠다. 그래, 갑자기.

돌았니?

뭐라고?

미쳤냐고.

…….

…….

윤경아, 그런 말은 함부로 쓰는 게 아니야.

왜 내 생각이 나셨을까? 난데없이.

그건, 우리 아이가 너 같았거든.

그건 또 무슨 소리야?

듣고 싶니?

글쎄, 잘 모르겠어. 네가 무슨 의도로 이리저리 돌려 묻는 건지 말이야. 난 듣고 싶은 것도 아니고, 듣기 싫은 것도 아니야. 네가 결혼을 했는지 아이가 있었는지도 전혀 몰랐어. 별로 알고 싶지도 않고.

안 했어. 결혼은 안 했어.

……

나는 말이지, 말하고 싶었어. 누구에게든 말하고 싶었는데, 누가 좋을지 판단이 서질 않는 거야. 그러다가 너여도 좋겠다는 생각이 문득 들었어. 너여야만 한다는 생각. 그런 생각.

……

기분 나쁘다면 사과할게.

뭐하는 수작인지 난 잘 모르겠다.

미안해.

……

하지만 내 아이의 일이니까. 그 아이는 지금 내 전부야. 내 말을 알아듣겠니?

…….

웃기지? 나도 그렇게 되어버렸어. 아이가 전부인 여자가. 그런 여자가 되었어.

좋아, 밀레바. 그런데 시간을 오래 낼 수는 없어. 금방 끊어야 할 거야.

일은 이제 쉰다고 하지 않았어?

할 일이야 차고 넘치지 않겠니. 빨리 끝내자.

알았어. 노력해볼게.

…….

그때 말이야. 우리가 졸업 작품 준비할 때.

정말 그때 얘기 할 거니?

응, 필요해. 필요한 것 같아.

그 시절은 나한텐 별로 떠올리고 싶지 않은 기억이야. 다 지나간 일이잖아. 옛날 일이라고.

하지만 너도 듣고 싶을지 몰라.

그건 네가 판단할 문제가 아니야.

맞아. 하지만 내 문제이기도 했으니까.

네 문제라고?

네가 상처받은 건 알아. 그런데 그 일로 나도 무척 상처받았어.

어떻게?

너는 잘못을 저질렀지만, 모두의 동정을 받았잖아. 나는 아무도 동정해주지 않았어. 내 상처에 대해서 말이야. 나는 어떤 보호도 받지 못했다고. 완전히 혼자였어.

그 일로 네가 상처받았다는 게 말이 된다고 생각하니?

너는 이제 당당하구나.

다 지난 일이야. 시발, 벌써 이십 년이나 지났다고.

맞아. 네 말이 맞아. 다 지난 일인데도, 돌아와버렸어, 어느 날.

윤경은 참지 못하고 전화를 끊어버렸다. 여전히 그때와 똑같은 목소리를 내는 그 애를 참을 수 없었다. 내던지듯 옆자리에 휴대폰을 팽개쳐놓고는 불길한 물건이라도 되는 듯 그걸 째려보았다. 애초에 전화 따위가 온 적이 있었냐는 듯 휴대폰은 묵묵히 침묵을 지킬 뿐이었다.

2

 설핏 잠이 들었던 모양이었다. 윤경은 보호자 침대에서 몸을 일으켰다. 협탁 위에 놓인 휴대폰이 소란한 진동 소리를 내며 병실의 적막을 깼다. 발신자는 승혜였다. 한두 달쯤 전에 승혜의 번호를 차단했다고 생각했는데 다시 전화가 들어온 것이었다. 이상한 일이라고 여기며 윤경은 진동하는 휴대폰을 그러쥐고 일단 복도로 나갔다. 받기를 망설이는 동안에도 휴대폰의 진동은 끈질기게 이어졌다. 문득 하나의 생각이 머릿속을 스쳐 지나갔다. 완전히 말도 안 되는 인과관계였지만 이미 반쯤은 거기에 설득당한 채였다. 이 전화를 받으면 이모가 또다시 수술을 받지 않아도 된다. 그러니까, 내가 애써 누군가를 다정하게 대한다면 세상 또한 나를 좀 더 너그럽게 대해주지는 않을까, 하는 그런 생각.

여보세요.

…….

승혜니?

…….

승혜 맞지?

아, 미안. 네가 내 전화를 받을 줄 몰랐어.

나도 몰랐어. 음, 그러니까 지난번에 말이지. 그렇게 끊어버린 건…….

괜찮아. 난 괜찮아. 걱정하지 마.

…….

이모님은 좀 어떠셔?

그냥. 뭐랄까, 많이 주무셔.

그렇구나.

…….

좋아지실 거야.

…….

네가 옆에 있을 거니까.

하여간 나도 좀 생각을 해봤는데, 저번에 네가 하고 싶다던 그 얘기라는 거. 한번 들어보고 싶어졌어.

정말?

응. 듣고 싶어.

고마워. 나 좀 기쁘다.

…….

음. 어디서부터 시작해야 할지 모르겠다. 혹시 너 그때 필 교수님 기억하니? 우리 졸업 작품 지도해주셨던.

필 교수? 그 사람이야 물론 기억하지. 학생들하고 술 자주 먹고 말 잘 통하고. 왜 우리랑 드래그 쇼 보러 갔다가 혼자 사라져가지고 한참 찾아다녔잖아. 진짜 대단했다, 그날.

그랬어?

너는 없었나?

난 없었던 것 같네.

…….

아무튼. 그때 '그 일'이 있고 나서 얼마 지나지 않아 필 교수님이 나를 따로 연구실로 불렀어. 가봤더니 전에 없이 차가운 얼굴을 하고 있더라고. 바쁜 척, 괜히 책상을 정리하는 척하면서, 나랑 눈도 못 마주치셨어. 그러다 하는 소리가 '너한테 실망했다'라고. 아니, '오히려 나는 너한테 더 실망이다'였는지도 모르겠는데, 온몸으로 날 책망하셨어. 실망이라고. 진짜 실망했다고. 원망의 눈을 하고서 말이야. 우리 기수는 내가 다 망친 거라고. 너희는 망했다고. 그렇게 말했어.

너 필 교수 좋아했잖아.

그건 중요치 않아. 네가 알았는지 모르겠지만 교수님은 너를 무척 아끼셨어. 나 따위는 아무리 노력해도 너처럼 되기 어려울 거라고 말하곤 했으니까.

글쎄, 그 사람은 좀 무기력했지. 온갖 멋있는 척은 다 하면서 정작 중요한 일이 생기면 뒤로 빠져버렸잖아. 그때도 뭘 한 게 없었지. 아무것도.

교수님을 탓하니? 그건, 내 생각엔, 그분 권한 밖의 일이기 때문이었어. 그래도 확실히 우리는 그 사람한테 더 많은 걸 기대했지…….

술 좀 사준다고 너무 마음을 줬지, 우리가.

필 교수님은 말이야, 내가 너를 배신했다고 생각하셨어.

배신? 우리가 무슨 배신을 하고 말고 할 사이였

나? 단순히 같은 해에, 같은 학과에 입학했을 뿐인데. 그냥 우연히 한 공간에 있었을 뿐이야. 그뿐이야.

그래. 그렇게 여기는 편이 낫겠지.

지금 생각하면 다들 왜 그랬나 싶다. 평생 부대끼고 살 사람들처럼. 악착같이.

영원히 살 것처럼 사니까. 젊은 사람들은.

젊긴 젊었지. 어르신같이 느껴셨던 필 교수도 겨우 지금 우리 나이밖에 안 됐었으니. 한데, 왜 뜬금없이 이제 그런 얘기를 꺼내는 거야? 억울한 기분이라도 드니? 그때 그것으로 충분하지 않았어?

…….

…….

내가 말하는 게 이런 거야. 나는 옳은 일을 하고도 비난받았어.

비난이라. 웃기지 마. 너는 공개 재판이라도 하겠다는 듯이 모두의 앞에서 나를 고발했어. 나는 갈가리 찢겨졌고. 그것으로 부족했다는 거니?

아니야, 충분했어. 너의 굴욕적인 얼굴을 보면서 만족했어. 내가 더 나은 사람이 된 것 같았고.

그런 말 하려고 전화했구나. 아주 마음이 시원

하시겠다.

　　아니, 그런 게 아니야. 오해하지 말아줘. 나는 내 아이 얘기를 하고 싶었어.

　　네 아이?

　　그래. 내 아이. 내 아이가, 너처럼 굴었어.

　　나처럼 굴다니?

　　미안, 표현이 이상해서. 한국어를 자주 말하지 않아서 그래. 아주 어색해질 때가 있거든. 의도한 대로 말이 안 나갈 때가 있어.

　　됐어.

　　그 애는 라이팅 클래스를 들었지. 글을 쓰고 싶다고 했어.

　　나는 이제 글 같은 건 쓰지 않아. 누구 덕분에.

　　들어봐. 내 아이가 수업 과제에서 다른 사람의 글을 베꼈어. 완전히 똑같이.

　　…….

　　똑같이 말이야.

　　…….

　　나는 그때 너를 바보라고 생각했어. 순서도 바꾸지 않고, 그냥 보이는 것을 그대로 고스란히 베껴 쓰다니. 거기엔 표절이라는 말조차 아까웠어. 아, 너는 어쩌면 그렇게 바보 같을 수 있었을까. 아무도 모를 거라 생각하고, 남이 쓴 문장을 네 것이라 우겼어. 몇 번씩이나. 반복해서.

  …….

  그런데 내 아이가 똑같은 짓을 저지른 거야.

  …….

  심지어 그건 아름다운 글도 아니었어.

  너는 그 아이도 벌줄 거니?

  모르겠어.

  모르겠다니.

  이제는 그럴 수도 없어.

  그때는 망설임이 없었잖아. 나는 네게서 광기를 느꼈어. 내가 죽어야만 끝날 것 같았어.

  아니야, 그때 나는 망설였어. 많이, 많이 망설였어. 내가 너에게 했던 말 생각 안 나니?

  이젠 그 일에 대해 생각하지 않아. 다 지워버렸어.

  내가 그 작품을 안다고 얘기했을 때, 그때 봤던 너의 표정을 절대로 잊을 수 없을 거야. 그런 장면은 평생 잊을 수가 없지.

……

너는 부인했어. 너는 모른다고 되풀이해서 말했어. 지금도 그렇게 얘기할 수 있니?

이미 다 인정했잖아. 합당한 처벌도 받았으니까 다 끝난 얘기야.

넌 정말 가벼워졌구나.

아니, 나는 사라지고 싶었어. 아주 오랫동안. 죽은 듯이 지냈어. 그게 지금의 나야.

그렇지만 너는 꿋꿋이 남아서 연극을 계속했잖아. 나는 너를 존경해. 너는 정말 용감해. 비꼬는 게 아니야. 난 졸업하고 나서 바로 그만뒀어. 시작도 하기 전에 그만둘 수밖에 없었어. 네가 알았는지 모르겠지만 시간이 지날수록 네 평판보다 나에 대한 소문이 더 안 좋아졌어. 나는 배신자였어. 밀고자로 완전히 낙인찍혔던 거야. 아무도 내 앞에서 자기 속을 드러내지 않았어. 아무도, 정말 누구도 내게 일을 주지 않았고…….

그래서 나를 탓하고 싶은 거니?

아니야.

그럼 왜 자꾸 전화하는 거야?

너랑 이야기가 하고 싶었어. 아니, 너한테 묻고

싶었어. 질문을 하고 싶었어.

……

너는 행복했니? 훔친 글로 공연했을 때, 그 순간만이라도 행복했니?

다음 후폭풍이 워낙 세서 그런 건 별로 생각나지도 않아. 생각에서 지운 지 오래고. 나도 살아야 하지 않겠니.

그래, 그렇지. 살아야지. 살아 있어야 돼.

……

정말 다행이다.

승혜야, 그만하자. 역시 무리야. 뒤늦게 이런 게 다 무슨 소용이니.

잠깐만, 너에게 한 가지 더 묻고 싶어.

또 뭐가 남았는데.

네가 연극을 계속했던 건, 무언가를 증명하고 싶어서였니?

그게 무슨 뜻이야?

말 그대로야.

네 생각이 그렇다는 거야? 아니면 다른 사람들이 그딴 식으로 떠들었다는 거야?

나는 졸업 후에 사람들과 만나지 않았어.

너는 기수 모임에 한 번도 나오지 않았지.

왜냐면 아무도 나를 불러주지 않았으니까. 아무도.

…….

질문할게. 너는 왜 너의 작품을 쓰지 않았어? 왜 남의 작품에 스태프로만 일했어?

…….

너는 속죄하는 사람처럼 남의 작품만을 위해 일했어. 네 글을 쓰지 않았어.

속죄가 아니야. 겁이 났을 뿐이지.

겁?

그래.

너는 분명히 재능이 있었어. 재수 없긴 했지만, 재능이 있었어.

…….

애초에 아무것도 훔칠 필요가 없었어.

…….

정말이지 그럴 필요가 없었어.

아니, 네 말이 맞아. 나는 남의 것을 훔쳤어. 해

서는 안 되는 짓을 했어. 원인이 있고, 그에 따른 결과가 주어질 뿐이야. 그저 그랬을 뿐이야.

맞아. 그건 변함없는 사실이지.

지금 와선 다 쓸데없는 얘기지. 난 이제 그만 끊어야겠다.

잠깐만.

……

내 아이는 말이지, 재능이 없어. 나는 그걸 알아버렸어.

남의 것을 베꼈기 때문에?

아니, 내 아이이기 때문이야. 그 아이는 나를 쏙 빼닮았거든. 가끔은 정말 끔찍할 정도로 똑같아.

……

유전자라는 건 정말 무시무시해.

……

나는 그때 너한테 화가 났었어.

무슨 뜻이야?

네가 바보같이 남의 것을 표절하고 그러는 짓거리가 멍청해서 견딜 수가 없었어. 너 같은 사람이 겨우 그 정도를 탐냈다는 게, 그게 참을 수 없었어.

……..

그래, 나는 그 얘기가 하고 싶었던 것 같아.

……..

……..

다 지난 이야기야. 너나 나나. 우리 모두.

우리 모두.

다들 늙고 지쳐서 죽을 일만 남은 것 같아. 자기 인생이 만들어놓은 잔해에 치이면서.

……..

……..

윤경아, 만약에 말이야. 네가 그 이후로도 계속 무언가를 썼다면, 그건 어떤 이야기였을까?

글쎄. 아마도, 꽤 어두운 이야기들이었겠지.

그렇겠지?

혼자 남은 사람이 있고, 본인이 가장 사랑했던 것으로부터 배반당하는 그런.

……..

모르겠다. 사람은 참 변하질 않네. 변하질 않아.

윤경아, 말해줘. 내가 다 망친 걸까?

……..

그런 걸까?

……

정말 우습지 않니? 어째서 세계가 이따위인지.

……

……

잠깐의 침묵이 몇 분이나 되는 것처럼 길게 느껴졌다. 귀에 울리는 듯한 승혜의 가냘프고 집요한 목소리가 라디오에서 흘러나오는 과거의 메시지처럼 비현실적이고 기묘하게 머릿속에서 얽히는 듯했다. 어쩌면 승혜의 전화를 실제로 받고 있는 게 아니라 그런 비슷한 꿈을 꾸고 있는 것은 아닐까.

그만 끊을게, 승혜야.

그러자.

……

……

끊겠다고 말을 하고 나서도 윤경은 그대로 가만히 있었다. 상대도 마찬가지였다. 마치 가장 중요한 말을 잊은 사람들처럼 둘은 잠자코 서로를 기다렸다. 이모는 승혜를 기억할까? 그때 그 사건을 이모에게 얘기했었던가. 이모가 깨어나면 승혜에 관해 물어봐야겠다고 윤경은 생각했다. 그러니까, 이모가 깨어난다면. 그럴 수만 있다면.

참, 네 아이는…….

아, 나의 아이.

걔는 괜찮은 거니?

그 아이는 괜찮을 거야. 아무 일도 일어나지 않았던 것처럼. 괴로움도 슬픔도 없이. 나는 그 아이가 평화롭게 지내기를 바라. 그 무엇도 만들지 않고. 조용히, 먼 곳에서.

에세이

어느 계절에

여름이 시작될 무렵 스웨덴으로 여행을 떠났다. 막 뜨거워지기 시작한 서울과 달리 스톡홀름의 6월 초순은 선선한 봄 날씨에 가까웠다. 나는 이 주간 휴가를 내고 스톡홀름과 시그투나 일대를 돌아볼 생각이었다. 지난 몇 개월 동안 최영숙의 삶을 픽션으로 재구성한 「시그투나」를 쓰고 문예지에 발표하기까지, 소설의 배경이 되는 두 도시에 관해 머릿속으로 수없이 시뮬레이션을 돌려봤으므로 얼마간은 그곳에 이미 다녀온 듯한 익숙한 기시감을 지니고 있었다. 지인들에게 근황을 전할 때도 반은 농담으로, 반은 진담으로 내가 이미 알고 있는 것들을 확인하러 가는 차원의 여행이 되리라고 말하곤 했다. 그럼에도 몇몇 장면들은 객관적인 지표를 가지고서도 상상이 잘 되지 않았다. 이를테면 6월 초의 시그투나에서는 해가 언제 지고, 몇 시에 어떤 방식으로 뜨는지, 거대한 멜라렌 호수는 정말 푸른 눈처럼 파랗게 빛나 보일지, 쉡스브론 거리에서 바라보는 도시의 파노라마는 얼마나 생경하고 이국적일지와 같은 그런 사소한 진실들이.

서울에서 스톡홀름까지는 만 하루가 걸렸다. 집에서 인천공항까지 두 시간, 인천에서 헬싱키의 반타 공항까지 열네 시간, 비행기 환승 후 스톡홀름까지 네 시간쯤. 알란다 공항에서 스톡홀름 시내로 들어가는 데에 한 시간 더. 요즘 기준으로도 멀게 느껴지는 거리지만 백 년 전의 최영숙에게 그 길은 아득할 정도로 머나먼 것이었음이 틀림없다. 정확히 알 수는 없는 노릇이지만, 남아 있는 기록으로 추정컨대 그가 1926년 6월 난징에서 출발하여 스톡홀름까지 이동하는 데에는 대략 한 달 정도의 기간이 소요됐을 것으로 추측된다. 중간에 거친 하얼빈에서는 사회주의 서적을 많이 지녔던 바람에 일본 경찰과 약간의 마찰이 있었다는 에피소드로 보아 정상적으로는 그보다 더 적은 시간이 걸리는 여정이었을지도 모르겠다.

최영숙은 꿈꾸던 스톡홀름에 도착한 뒤 여러 사람의 도움을 받아 원래 목표했던 대로 경제학을 공부했다. 현대의 중학교에 해당하는 고등보통학교만 졸업하더라도 '신여성'이라는 특별한 호칭으로 불렸던 시대에, 그는 혈혈단신으로 익숙한 세계를 떠나와 말 한마디 안 통하는 서양에서 대학 수준의 공부를 성공적으로 마친 최초의 한국 여성 중 한 명이었다. 그중에서도 그의 존재가 유난히 두드러져 보이는 이유는 스웨덴으로 유학한 첫 번째 한국인이었다는 점이다. 요즘처럼 정보가 넘쳐나는 시대도 아니고 다녀온 이들로부터 세세한 사정과 조언을 구할 수 있는 요건도 아닌데, 흠모하는 한 사상가—엘렌 케이—의 비전에 반해 자신의 미래를 그토록 낯선 곳으로 이끈 강한 의지와 실행력은 도대체 어떻게 가능했던 것일까. 강단 있는 어린 최영숙의 마음을 떠올릴 때면, 조금은 아찔해지면서도 그 큰 용기와 포부와 열정과 희망찬 기대에 나 또한 매번 설레고 가슴이 두근거린다. 아마도 그런 마음을 더 많은 사람과 나누고 싶어서 소설을 썼을 것이다.

　　최영숙에 대한 이미지가 항상 그처럼 빛나기만 했던 건 아니다. 1932년 조선으로 귀국한 지 다섯 달 만에 맞이한 급작스러운 죽음은 그에게 많은 기대를 걸었던 이들뿐만 아니라 신여성의 존재를 구경거리나 스캔들로만 소비하던 이들에게도 예외적으로 충격적인 사건으로 다가갔다. '최고의 엘리트 여성'으로 칭송받던 그가 실은 결혼하지 않은 채 임신한 상태였고, 아이의 생물학적 아버지가 순수 한국인이 아니며, 최영숙의 가족이 처한 경제적 형편이 본인의 장례를 치르기 힘들 정도로 궁핍한 상황이었음이 뒤늦게 밝혀졌던 까닭이었다. 대중 잡지였던 『삼천리』는 불과 한 주 만에 급조되어 출판된 특집 기사를 통해 최영숙의 죽음에 관하여 저급한 소설에 가깝도록 사실을 왜곡해 선정적인 이야기로 꾸며낸다. 아이 아버지의 존재와 이름을 거짓으로 지어내는 것도 모자라, 최영숙의 마지막 사명이 되고만 경성여자소비조합에 대해서도 악의적인 프레임을 씌워 자극적인 서사를 강조했다. 기자가 제멋대로 만들어낸 내러티브는 다음과 같다. 최영숙은 조국에 돌아와 자신이 얻은 지식을 "팔기로 나섰으나" 취직이 불가능하여 "조그마한 상점을 빌려서 장사를 시작"했으며, "배추 포기, 감자, 마른 미역 줄기, 미나리 단, 콩나물을 만지는 것이 스톡홀름 대학 경제학사 최영숙 양의 일상 직업이 되었답니다". 비아냥거리는 듯한 그 수식은 끈질긴 생명력을 갖고 집요하게 이어져왔다. 무려 백 년에 가까운 세월 동안.

최영숙과 관련하여 남아 있는 당대의 기사와 인터뷰 중에서 '콩나물'이라는 단어가 언급된 적은 단 한 번뿐으로, 전체적으로 허구에 가까워 신빙성이 낮다고 판단되는 1932년 5월 1일 자의 『삼천리』 기사 한 편에서만이다. 그러나 '콩나물'이라는 특정 이미지는 최근까지도 신여성 최영숙이 언급될 때면 반드시 들어가는 주된 키워드로 손꼽히고 있다. 일례로 공영방송인 EBS가 2016년 국사편찬위원회와 공동 기획으로 제작한 프로그램 〈역사채널e〉에서는 "콩나물 팔던 여인의 죽음"이라는 제목 아래 최영숙의 삶을 조명하고 있으며, 실제로는 경성여자소비조합의 매장을 인수하여 운영했던 최영숙의 마지막 행적을 길바닥에 야채와 채소 등을 늘어놓고 파는 초라한 노점상의 모습으로 그린 일

러스트레이션을 통해 묘사하고 있다. 2022년의 관점도 그와 크게 다르지 않았다. 역사 속의 여성을 재조명하여 화제를 불러일으켰던 EBS의 다큐프라임 3부작 〈여성백년사―그때도 틀리고 지금도 틀리다〉에서 역시 최영숙의 일생을 다루면서 그를 고학력자임에도 "배추와 콩나물 장수"라는 직업을 가졌던 불행한 신여성이라 규정하며 최영숙을 호명하는 대표적인 키워드로 스웨덴 유학생이라는 독보적인 이력과 함께 '콩나물'이라는 단어를 전면에 내세운다. 이뿐만이 아니라 최영숙이 기고한 글과 인터뷰, 관련 기사들을 갈무리하여 2018년에 출간된 『네 사랑 받기를 허락지 않는다』에는 유감스럽게도 제목 옆에 "콩나물 팔다 세상을 뜬 경제학사"라는 소제목이 꼬리표처럼 붙어 있다. (앞서 언급된 『삼천리』의 기사 원문은 이 책에서 인용하였다.) 이처럼 최영숙의 삶을 기리고 그를 새로이 기억하고자 하는 이들에게조차 『삼천리』라는 대중 잡지가 창작해낸 '콩나물'이라는 강력하고 자극적인 프레임의 마력을 벗어나기란 쉽지 않아 보인다. 아마도 현대 사회의 극심한 청년 취업 문제라는 당면한 시대적 과제 때문에 관련자의 판단력이 흐려진 것일지도 모르겠다. 사람들은 자신의 문제를 외부 현상에 쉽게 이입하여 이해하고자 하는 경향이 있으므로.

그렇다면 진실은 어떠할까?

세월이 지나 많은 것들이 희미해지더라도 우리는 단편적인, 그러나 확실한 몇몇 사실들과 앞뒤 정황의 논리를 살펴 손쉽게 형성된 세간의 평 너머에 숨어 있는 진실에 가까운 무언가를 추론해볼 수 있다. 여러 가지 상황을 살펴보건대 최영숙은 귀국 후 서너 달에 불과한 짧은 기간 동안 상당한 분량의 글을 매체에 기고하고 다양한 인터뷰에 응하는 등 바쁜 일정을 소화하는 와중에도 어학 교사나 신문기자 등의 일자리를 알아보고자 시도해봤던 것 같다. 집안의 사업이 대공황의 여파로 갑작스레 어려워지는 바람에 애초에 계획했던 바대로 공장 직공으로 취직하는 등의 활동을 통해 노동자를 중심으로 하는 경제운동을 곧바로 시작할 수 없었다. 당대의 초고학력 여성들과 달리 최영숙은 고학으로 공부를 이어왔으므로 직업을 구해 돈을 버는 행위가 유별난 일은 아니었을 것이다. 그러나 해외 유학생이자 대학 졸업자라는 유리한 조건에도 불구하고 일본이나 미국 등 주요 국가에서 공부하지 않았다는 점과 사회적으로 자유롭게 직업 활동을 펼쳐나가지 못하는 성별—여성—에 속했으므로, 학연이나 지연 등의 연고를 기반으로 채용되곤 하던 고학력자로서의 구직활동이 여의치 않았으리라 추정된다. 게다가 독립운동을 했던 이력은 일제강점기 조선에서 취직에 불리하게 작용했을 것임이 자명하다. 애초에 최영숙이 국외에서 학업을 이어간 이유도 그러한 전력 때문에 이화학당의 상급반으로 진학할 수 없어서였다는 증언이 여러 기록에서 발견되었다. 귀국을 했을 즈음에는 최초의 스웨덴 유학생으로서 언론의 주목을 한껏 받아왔던 터라 유명세를 가진 그를 직원으로 받아들이기까지는 관련 기관들 역시 총독부의 견제를 감당해야 하는 부담을 느꼈을 것이다. 더군다나 그는 임신 중이었으므로 시간이 지날수록 자신이 마음껏 자유롭게 나다닐 수 있는 몸 상태가 아님을 자각했을 것이다. 앞으로 아이를 양육해야 한다는 현실적인 고민도 큰 제약으로 작용했으리라. 아무리 좋은 교육을 받았다손 치더라도 여성이, 게다가 아이 엄마인 사람이 남자들도 들어가기 힘든 남부럽지 않은 직장에 취직하기란 백 년이 지난 지금의 한국 사회에서도 쉽지 않은 일임을 간과해서는 안 된다. 그러나 최영숙은 좌절하지 않았다. 다른 현실적인 방안을 모색

하며 활발히 활동을 이어갔다. 그는 뜻이 맞는 이화학당 동문들과 함께 농민 교육을 위한 교과서('공민독본')를 밤낮으로 집필하며, 그 당시 막 태동하기 시작한 소비조합 운동에 힘을 싣고자, 무리하게 사업을 확장하는 바람에 어려움을 겪고 있던 경성여자소비조합의 매장을 자신이 가진 전 재산을 털어 인수했다. 그것이 바로 『삼천리』가 "자본이 없는 일개 구멍가게"로 낮춰 부르던 그 '콩나물' 팔던 일이었다. 당시에는 새로운 개념이었던 소비조합에 대한 무지가 불러일으킨 백 년의 길고 긴 오해가 시작되던 순간이었다.

중국과 스웨덴으로 이어진 십 년 동안의 해외 생활을 마치고 돌아온 지 불과 다섯 달 만에, 만 이십칠 세를 넘기지 못한 최영숙의 요절은 분명 애달픈 일이다. 그러나 인간으로 태어난 이상 우리는 모두 어느 한 순간 운명에 굴복할 수밖에 없다. 그것은 분명 슬픈 일이지만 누구도 피해 갈 수 없으며, 그 한순간의 어려움이 한 사람의 전 인생을 비참한 것으로 단정 짓는 마침표이자 강조점으로 작용해서는 안 된다. 과로와 영양부족, 결정적으로는 임신중독증으로 짐작되는 급격한 건강 악화로 인해 사망에 이른 최영숙의 죽음을 막지 못한 실질적인 이유는 일제강점기 조선의 열악한 정치 상황과 의료 현실, 그리고 사회안전망의 부재 때문이다. 최영숙이 몸을 아끼지 않고 몰두했던 열정과 비전, 도전 의식 때문이 아니다. '스웨덴으로 유학까지 갔던 고학력 여자가 비참하게 콩나물이나 팔다 죽어버렸다'라는 익의적인 서사는 여성에게 주어지는 고등교육의 기회가 쓸모없고 무의미한 일이라는 당대의 가부장적인 시선이 투영되어 반성 없이 이어져온 것이 아니었을까.

한편, 최영숙보다 몇 년 늦은 시점에 일본과 미국에 유학하여 경제학과 사회학을 공부하고 돌아온 또 다른 한 여성이 있었다. 그는 최영숙이 죽은 해로부터 삼 년 후인 1935년에 새로 신설된 이화여자전문학교의 경제학과 교수로 부임했다. 최초의 여성 경제학 교수였다. 그는 적극적인 친일파가 되었으며, 해방 후에는 모 여자대학교의 총장에 취임할 정도로 사회적인 성공을 넘치게 거뒀다. 그의 삶을 최영숙의 짧은 생과 비교해 봄 직하다. 최영숙은 오롯이 조국의 독립을 바라며 이를 실현하기 위해 경제 운동과 여성운동에 평생을 헌신하고자 했다. 중단된 최영숙의 삶이 계속되었더라면 어떤 식으로 전개되었을지 우리는 알 수 없다. 최악의 시대에 최선으로 살아가던 한 사람의 삶은 오히려 짧았으므로 더 상대적으로 빛을 발한다. 최영숙이라는 실존 인물에 대해 알아갈수록 그에게 덧입혀진 오명을 지우는 데에 조금의 힘이라도 보태고 싶다는 마음이 커졌다. 바로 그러한 이유로 소설을 쓰리라 마음먹었고, 애초에 염두에 두었던 주인공의 이름을 고수하지 않고 '최영숙'이라는 역사 속 인물의 이름을 그대로 사용하는 방향을 택했다. 멀고 먼 이국에서만 자유롭게 표현될 수 있었던 그의 목소리를 그대로 독자들에게 들려주고 싶었다. 그리하여 한순간에 훼손되어버린 그의 이야기가 오래된 악의로부터 해방되는 또 하나의 작은 계기가 마련되기를 바랐다.

소설의 제목이기도 한 '시그투나'는 최영숙이 스톡홀름에 있는 고등교육기관인 '사회정치와정책연구소'에 입학하기 전인 1926년 가을부터 1927년 여름까지 약 일 년 동안 스웨덴어를 배운 학교가 자리한 작은 도시의 이름이다. 그가 수학한 시그투나 인민학교의 건물은 현재 호텔로 사용되며 일반인들에게도 개방되어 있다. 나는 2025년 6월 5일부터 8일까지 3박 4일간 그곳에 머물렀다. 6월 초 시그투나의 밤은 대략 열한 시경부터 시작하여 새벽 두 시 반이 되면 푸르스름하게 날이 밝아오며 사라진다. 맑은 날의 멜라렌 호수는 푸른 눈보다 더 짙은 파란색으로 빛난다. 쉽스브론은 백 년이 지난 지금도 혼자 있기에 쓸쓸하고 낯선 그리니 아름다운 거리였다. 쉅스브론에 있는 최영숙이 살던 주소 일 층에는 현재 작은 카페가 영업하고 있다. 덕분에 나는 건물 안으로 들어갈 수 있었다. 아보카도샐러드와 에스프레소와 사과주스 한 잔을 주문해 먹고 마셨다. 곡선이 한 곳으로 모이는 우아한 천장 장식과 나무로 된 낡은 출입문을 카메라 프레임 안에 담았다. 어쩌면 백 년 전 최영숙도 이곳에서 잠시 발걸음을 멈추고 같은 지점에 시선을 준 적이 있었을까. 무언가가 여전히 이곳에 남아 있으리라는 근거 없는 믿음. 그 알 수 없는 감정을 마주하기 위해 나는 떠났다. 익숙했던 거리가 불과 몇 년만 지나도 알아볼 수 없을 정도로 급격히 변해버리는 한국과 달리, 과거와 현재가 공존하는 스웨덴에서는 백 년 전이라는 시간이 그리 멀지 않은 시간대처럼 가깝게 느껴졌다. 전쟁과 피식민의 역사가 없는 그 나라에서 나는 최영숙이 살았고 방문했던 바로 그 장소들을 어렵지 않게 찾아다닐 수 있었다. 아마도 소설에 쓴 장면과 실제는 다르겠지만, 결코 같을 수 없겠지만 최초에 쓴 몇몇 잘못된 부분을 뒤늦게 알아차렸더라도 거의 고치지 않고 그대로 두었다. 그 외에도 여러 디테일이 실제와는 다를 것이다. 그 다름 속에서 더 많은 이야기가 피어나길 바란다. 비어 있는 상상의 공간에 대해 계속 생각한다. 스캔들과 자극적인 소문으로 한때 소비되고 윤색될지라도, 한 사람의 삶과 그가 품은 마음의 본질이란 힘이 세서, 언젠가는 그 안의 찬란한 빛이 도저히 숨길 수 없게 세상에 드러나며, 시간이 자행하는 무자비한 망각의 손길조차 가뿐히 넘어서서 긴 생명을 지닌 채 공동의 기억 속에 각인되리라 낙관한다.

　　최영숙은 꿈을 꾸었고 자신이 갈 수 있는 한 가장 먼 곳까지 가보았다. 또한 그와 동시대를 살았던 이들이 경험하지 못한 미래를 가까이에서 목격했다. 그리고 그 미래가 우리에게도 불가능하지 않다는 사실을 누구보다도 먼저 깨달았다. 그가 현재의 우리에게 준 가장 큰 선물은 어쩌면 상상력일지도 모른다. 진실을 보기 위해서는 익숙한 눈앞의 현실을 뛰어넘을 수 있는

보다 더 많은 상상력이 필요하다는 사실을 일깨워주는 생생한 존재 그 자체로서 말이다.

　　소설 말미에 덧붙여 소개한 참고 자료와 인용의 출처에서 자세히 밝힌 바 있듯이 최영숙의 스웨덴에서의 삶에 관한 구체적인 자료는 이효진 선생님이 쓰신 네 편의 논문에 크나큰 빚을 졌음을 다시 한번 강조해서 언급하고 싶다. 소설의 마지막 챕터는 실제로 최영숙이 시그투나 인민학교의 교지 '시그투나링엔'에 기고한 글을 재수록한 것으로, 2021년의 논문에 수록되어 국내에 최초로 소개되었다.

　　네 편의 논문 중에서 2018년 발표된 첫 번째 논문의 제목을 다시 한번 찬찬히 살펴본다. '신여성 최영숙의 삶과 기록: 스웨덴 유학 시절의 신화와 루머, 그리고 진실에 대한 실증적 검증.' 추측과 비난과 질투가 뒤섞여 한 명의 젊은 신여성을 둘러싸고 형성된 오래된 신화와 루머를 거둬내기 위해, 스웨덴의 아카이브와 신문 기사와 잡지들을 샅샅이 뒤져 실증적인 기록을 바탕으로 진실에 다가서려는 이 촘촘한 글을 읽어 내려가며, 논문이라는 일견 딱딱한 형식을 갖춘 모습 속에서도 행간 사이에 녹아 있는 사랑을 느낄 수 있었다. 감히 말해보건대, 사랑 없이는 쓰일 수 없는 글이라는 생각이 들었다. 사랑. 내가 최영숙에 관해 읽고 쓰는 동안 가장 많이 떠오른 단어는 의외로 사랑이었다. 최영숙은 짧은 인생을 살아가는 동안 많은 이들에게 사랑받았고 그만큼 큰 사랑을 품은 사람이었다. 그가 간절히 만나기를 바랐던 다음 세대의 한 사람으로서 조금이나마 그 사랑을 최영숙에게 돌려주고 싶다. 어쩌면 지금 우리가 당연하게 누리고 있는 모든 것들에 대해 실은 조금씩 최영숙에게 빚을 지고 있는지도 모른다. 그가 자신의 인생을 통해 증명하고 열어젖히고자 했던 그 작은 미래의 틈 속으로, 비로소 손을 비집어 넣어 다음 세계가 더 가까워졌을 것임으로. 우리가 꿈꾸는 더 밝은 세계로.

시그투나스티프텔센, 2025년 여름.

해설

여전히 남아 있는 것들

── 이소(문학평론가)

1

때로는 소설의 내용보다 소설들이 어떻게 배치되어 있는지가 더 눈에 들어올 때가 있다. 이십 년 전 스무 살이었던 사람들(「인도차이나」 「조용하고 먼」)과 백 년 전 스무 살이었던 사람(「시그투나」)이 나란히 놓인 이 소설집처럼. 전자는 순수한 예술 청년이었던 옛 시절을 회상하고, 후자는 결코 누려보지 못할 자유로운 미래를 꿈꾼다. 그렇다면 이 소설집은 필연적으로 '시간'에 대해 말하지 않을 수 없을 것이다. 찬란한 꿈, 변질된 꿈, 파괴된 꿈, 그리고 여전히 우리의 손에 남아 있는 지연된 꿈에 대하여. 나아가 꿈과 소설이 맺고 있는 관계에 대하여.

2

　　모든 사람이 언젠가는 청춘을 지나쳐 더는 청춘이라 부를 수 없는 나이에 이르지만, 예술학도의 경우 이 과정은 더욱 극적이고 서글픈 쇠락으로 그려진다. 청춘이 사라짐과 동시에 예술을 향한 열정과 순수까지 시드는 모습은, 단순히 생물학적 노화만이 아닌 이중의 퇴락이 겹쳐진 것처럼 보이기 때문이다. 말하자면, 예술을 꿈꾸는 청춘은 '청춘의 제곱'과도 같다. 물리학도나 의학도나 경영학도의 청춘이 끝난다고 해서 물리학이나 의학이나 경영학이 소멸하는 것은 아니지만, 예술과 청춘은 한 덩어리의 뜨거운 열의로 뒤섞여 한번에 피어올랐다 순식간에 사그라지기도 한다.

　　이십 년이 흐른 뒤, 젊고 유망했던 청년 예술가에게 남은 것은 무엇인가. 알 것 다 알아버린 예술계 노동자에게는 밥벌이가 되어버린 혹은 밥벌이조차 되지 못하는 일에 대한 피로감과 지겨움이 남았다. 재능과 그 재능을 쏟아부었던 사랑의 대상이 사라져버렸다는 쓸쓸함과 환멸. 「인도차이나」에서 바닷가 소도시의 서점으로 북토크를 하러 가는 사십 대의 소설가 역시 크게 다르지 않다. 지금은 "순수한 불꽃을 잃고 시시껄렁한 껍데기로 살아가"지만, "이십 년 전에는 지금보다 너 잘 썼"던 것 같고 "마른걸레 쥐어짜듯 억지로 쓰지 않았"(61쪽)던 것 같다. 동행 중인 영화 제작자 R 역시 마찬가지다. 어딘가 심드렁한 표정과 느릿한 몸짓으로, "영화가 더 이상 예전에 본인이 사랑하던 그 영화가 아닌 다른 무언가가 되어버렸다는, 그 똑같은 레퍼토리"(64쪽)를 반복하는 중이다.

  또 중년이 되어버린 소설가가 북토크를 위해 들고 가는 책은 어떤가. 서점이 자리한 도시가 "쇠락의 길을 걷다가 근래 다시 각광받기 시작한 지역"(57~58쪽)인 것처럼, 책 역시 영화화되며 새삼 다시 읽히기 시작한, 이십 년 전에 쓴 오래된 소설이다. '나'는 마치 죽은 사람이 살아 돌아온 듯 "과거의 '나'들에게 향수를 느끼"(57쪽)며 그 시절을 회고하는 은밀한 기쁨을 느끼지만, 알다시피 향수는 언제나 모종의 퇴락과 나르시시즘을 품고 있다. 지금의 '나'가 내세울 수 있는 건 결국 젊은 시절의 '나'일 뿐이고, 먼지를 털어 추억을 현재의 무대에 세우는 일은 어딘가 낯 뜨거운 구석이 있다. '나'는 이미 그 책을 쓰던 스무 살 남짓의 시절과는 전혀 다른 사람이 되어버렸으니, 서점 주인이 "작가님은 제가 생각했던 이미지랑은 좀 다르시네요"(97쪽)라고 말하는 것도 무리는 아니다.

  그러나 이십 년 동안 소설가로 살 수 있었다면 꽤 성공한 축에 속할 것이다. 대부분의 예술학도는 여기까지 도달하지 못한다. 전하영의 소설에는 모호하면서도 촘촘한 예술계의 진입 논리가 배경음처럼 깔려 있다. 모두에게 열린 것 같으면서도 결코 아무나 들여보내지 않는 세계. 제대로 안착한 건지 못 한 건지 스스로조차 확신하기 어려운, 사람 헷갈리고 불안하게 만드는 미묘한 입사 논리가 엄연히 존재한다. 첫 소설집 『시차와 시대착오』에서 보여주었듯이, 그들은 청춘을 바쳤으나 끝내 영화화되지 못한 시나리오를 차마 놓지 못해 붙들고 있거나, 단편 영화 한 편으로 주목이라기엔 좀 애매한 주목을 받아본 일이 내세울 것의 전부라거나, 석사학위도 따고 유학도 다녀왔음에도 겨우 최저임금만 받으며 갤러리에서 온갖 잡무를 도맡고 있는

식이다.

　「조용하고 먼」의 경우, 상황은 그보다 좋지 않다. 전화 통화 중인 두 사람은 이 '바닥'에 제대로 발도 들여보지 못했다. 연극을 전공한 동기들 가운데 연극판에 남은 이는 단 한 명뿐인데, 그 역시 남들보다 재능이 탁월해서라기보다 그저 얼마만큼의 실력과 처세술, 무엇보다 운이 따라주었을 따름이다. 「인도차이나」가 '포스트-청년 예술가'의 이야기라면, 「조용하고 먼」은 '포스트-예술학도'의 이야기다. 이십 년의 세월이 흐른 건 마찬가지지만, 이번에는 민망한 향수조차 없이 잔인했던 좌절의 기억만 파헤쳐질 뿐이다. 예술을 꿈꾸는 많은 청년 중 대다수는 이 '바닥'의 좁은 문턱에 들어서기도 전에 무너진다. 이들은 재능에 대한 회의, 동료에 대한 질투, 앞날에 대한 불안으로 깊이 상처받고, 그 자장의 바깥으로 오래도록 벗어나지 못한다.

　"그토록 사랑하던 세계를 어째서 이렇게 쉽게 내쳐버리게 되었는가."* 좋아서 들어왔지만, 나의 무능과 세계의 부조리에 환멸이 쌓인다. 그렇다고 해서 훌

---

* 전하영, 「시차와 시대착오」, 『시차와 시대착오』, 문학동네, 2024, 190쪽.

홀 털고 떠나버리기도 쉽지 않다. "이 지겨운 것들 중 소중하지 않은 것은 하나도 없"*기 때문이다. 던져버리고 싶은 마음과 붙들고 싶은 마음 사이에서, 청춘이 지나도 염치없는 삶은 끝나지 않는다. 그러나 비록 경솔하고 치졸하고 변덕스러운 사람들일지라도, 우리 중 누군가는 끝끝내 남아 읽고 쓰는 일을 멈추지 않는다. 아름다운 청춘만으로 엮이지 않은, 빛바래고 추레한 끈이 끈질기게 남아 여전히 우리를 둘러싸고 있다. 어쩌면 예술이란 이런 방식으로 이어지는 걸지도 모른다. 내가 모르는 어딘가에서 충실하게 "한 사람이 무언가를 쓰고 있는 장면"**은 쉬이 지워지지 않고, "우리는 기록하는 여자가 될 거야"***라는 과거의 다짐 역시 완전히 사라지진 않는다. 그렇다면 이 속된 앙금을 품고, 우리는 무엇을 기록해야 하나.

---

* 같은 책, 「영향」, 114쪽.
** 같은 책, 「남쪽에서」, 76쪽.
*** 전하영, 「그녀는 조명등 아래서 많은 시간을 보냈다」, 『제12회 젊은작가상 수상작품집』, 문학동네, 2021, 56쪽.

3

그런 의미에서 「시그투나」는 일종의 다짐처럼, 계승처럼, 응답처럼 수행적으로 읽힌다. '포스트-예술 청년' 소설이 '이후의 세계'를 살아가는 현재의 쓸쓸함을 그리는 만큼, 종종 그 사막 같은 '이후의 세계'가 백일몽이 흩어진 뒤에야 비로소 드러나는 진짜 현실의 모습처럼 느껴질 때가 있다. 그러나 식민지 시기 여성 지식인 최영숙의 꿈과 투쟁에 관해 쓰는 일은 전혀 다른 시간성을 상상하게 만든다. 이전과 이후로 나뉘는 일직선적인 크로노스의 시간을 거부하고 '과거의 미래'와 그 '미래의 현재'를 단숨에 잇는 카이로스의 시간을 여는 행위, 다시 말해 의지적인 시대착오를 감행하는 것으로 보인다.

홀로 스웨덴까지 먼 길을 떠난 영숙이 가슴에 품었던 바람은 "백 년 후에 누군가가 이 순간을 기억해주"고, "당신의 자유를 위해 맹렬히 싸우려는 한 사람이 역사 속에 있었"음을 알아주는 것이다. 그녀가 가장 간절히 보고 싶었던 것은 자신의 "뒤를 이어 나오는 여성들"(43쪽)이 행복하고 자유롭게 살아가는 미래의 풍경이다. 그 백 년 전의 미래가 바로 지금 우리의 모습이다. 자신은 결코 그 행복을 누리지 못할 것을 알면서도, 미래를, 그리고 우리를 포기하지 않은 사람들이 있었기에 우리는 지금 이곳에 있다.

그렇다면 과거 시대의 사람들과 우리 사이에는 은밀한 약속이 있는 셈이다. 그렇다면 우리는 이 지상에서 기다려졌던 사람들이다. 그렇다면 우리에게는 우리 이전에 존재했던 모든 세대와 **미약한**(schwach) 메시아적 힘이 함께 주어져 있는 것이고, 과거는 이 힘을 요구하고 있는 것이다.*

그렇다면 영숙의 이야기를 쓰는 작가 전하영은 "은밀한 약속"을 수행 중인 셈이다. 약속에 충실한 작가는 과거의 꿈을 현재로 불러와 다시 미래로 이어 붙인다. 더는 예술에 아무런 힘도 남지 않았다고 체념하거나 이제 예술은 속된 것으로 전락했다고 냉소하는 대

---

* 발터 벤야민, 『역사의 개념에 대하여 | 폭력비판을 위하여 | 초현실주의 외』, 최성만 옮김, 도서출판 길, 2008, 331~332쪽.

신, 예술이 감행할 수 있는 시대착오를 통해 과거의 사람들과 우리 사이에 존재하는 오래된 맹약을 유지한다. 소설은 비록 낡은 형식처럼 보일지라도, 되돌아봐야 할 과거와 사랑해야 할 현재를 가장 신속하게 연결할 수 있는 매체다. 백 년 전의 편지를 받고 백 년 후의 소설을 쓰는 것, 한 세기를 건너는 서신 교환이 이루어진다. 소설의 기억술에 의해, 영숙의 바람은 잊히지 않고 지금 여기로 흘러들어온다. 그렇게 이전과 이후로 분할된 환멸의 세계가 아닌, 반복되면서도 언제나 다르게 전개되는 세계가 펼쳐진다. 우리가 누군가의 '미래의 기억'을 살아가고 있음을 잊지 않는다면, 그 상속된 미래의 기억은 다시 한번 그러나 새로운 모습으로 돌아올 것이다. 벤야민의 말대로, 과거를 구제하는 일은 바로 지금 이곳의 노력에 달려 있다. 그러니 이 소설은 "기록하는 여자"가 되겠다는 두 번째 다짐이자 더 나은 세계를 향한 약속으로 읽힌다. 그렇다면 다시, 지금 우리에게 가장 필요한 이야기는 무엇인가.

여전히 지금과는 다른 세계가 도래하길 희망한다면, 그러나 그 세계를 구체적으로 상상하기조차 어려운 시대에 속해 있다면, 우리는 과거의 사람들이 꿈꾸었던 '과거의 미래'를 적극적으로 참조할 수밖에 없다. 우리보다 더 넓은 보폭으로 미래를 누볐던 이들의 삶을 희생만이 아닌 투쟁의 장면으로도 기억해야 한다. 아마도 소설이 영숙의 사랑과 요절을 둘러싼 자극적인 이야깃거리에 관심을 두지 않은 채, 그녀의 "생애 가장 빛나고 아름다울 그해 여름에 대한 예감"(44쪽)과 의지에 주목한 이유도 여기 있을 것이다. 조선 청년들의 투쟁을 스웨덴어로 기록한 그녀의 글은 철저히 투사의 것이다. 무수한 패배를 목격하면서도 그녀가 "제국주의자들과 자본가들의 힘은 마치 저녁 하늘의 해처럼 가라앉을 것이고 억압받는 이들의 태양은 다시 떠오를"(49쪽) 것이라고 믿었던 까닭은, 현실을 제대로 인식하지 못해 헛된 미망 따위를 품었기 때문이 아니라, 언제나 다른 세계를 꿈꾸는 일은 패배의 연쇄 위에 서 있는 일임을 잘 알고 있었기 때문이다. 투쟁했기에 패배한 것이고, "패배는 단지 전투에서 진 것일 뿐이"며, "'미래의 승리'는 그러한 '패배'에서 비롯될"* 수밖에 없다는 사실. 유토

---

* 엔조 트라베르소, 『좌파'의 '우울'』, 김주은·석민지·조형준 옮김, 새물결, 2024, 104쪽.

피아의 약속을 간직한 많은 혁명가와 사상가 들이 그러했듯, 패배를 숙고하는 일과 투쟁을 다짐하는 일은 결코 공존할 수 없는 일이 아니다. 비록 우리가 오랫동안 이 사실을 잊고 있을지라도.

4

언제부턴가 다른 세계가 가능하다는 믿음을 품은 사람을 찾아보기 어려워졌다. 역사를 이야기할 때, 학살과 피해와 트라우마는 쉽게 떠올리지만 꿈과 혁명과 투쟁을 말하기는 점점 힘들어진다. 미래는 납작하게 가난해졌고, 우리는 비록 자신이 살아 있는 동안 실현되지 못해도 끝내 지키겠노라 맹세하는 어떤 약속에 대한 경험을 잃어버렸다. 어쩌면 지금 필요한 것은, 정말 메시아가 오는지, 온다면 어떤 메시아가 오는지, 내가 살아 있을 때 오긴 오는지와 같은 물음이 아니라, "메시아주의 없는 어떤 메시아적인 것"*에 대한 성실함일지

---

* 자크 데리다, 『마르크스의 유령들』, 진태원 옮김, 그린비, 2014, 130쪽.

도 모른다. 성공 확률을 계산하거나 결과를 예측하는 대신, 해방의 약속에 기꺼이 참여하고 충실히 머무는 일. 실현 가능성의 그래프가 없어도, 미약한 빛이 "작은 미래의 틈 속으로"(143쪽) 흘러들어오길 변함없이 기원하는 일.

　우리 대부분은 세속적인 생활인이고, 자부와 수치 사이를 오르내리며 읽고 쓰기를 반복할 것이다. 전하영의 소설이 보여주듯, 나의 속된 삶을 버리지 않고서도 백 년 전 한 여자의 투쟁을 기록할 수 있다. 그렇게 비동시적 시간을 관통하고, 그 사이의 망각과 모순을 직시할 때, 우리의 이야기는 매번 새롭게 빚어진다. 삶은 여러 방식으로 기록될 수 있고, 누구도 예외 없이 패배를 경험한다. 그러니 "그 한순간의 어려움이 한 사람의 전 인생을 비참한 것으로 단정 짓는 마침표"(137쪽)가 될 수 없음은 자명한 일이다. 삶이 끝나도 이야기는 끝나지 않는다. 무엇을 세공해 보존할 것인지, '현재의 미래'를 상상하고 '과거의 미래'를 수호하는 넓은 이야기의 세계가 남아 있다. 그곳에는 여전히 많은 것들이 숨겨져 있고, 우리는 지금 이곳에 살아 있다.

수록 작품 발표 지면

「시그투나」
『쓺』 2025년 상권

「인도차이나」
『문장웹진』 2024년 10월호(발표 제목 '우리에겐 낮술이 필요한 것 같은데')

「조용하고 먼」
웹진 『비유』 2022년 1월호

트리플 33

시그투나
ⓒ 전하영, 2025

초판 1쇄 인쇄일 2025년 9월 15일
초판 1쇄 발행일 2025년 10월 1일

지은이·전하영

펴낸이·정은영
편집·김수진
디자인·이선희
마케팅·최금순 이언영 박채윤
　　　연병선 이경민
저작권·신은혜
제작·홍동근
펴낸곳·(주)자음과모음
출판등록·2001년 11월 28일
　　　제2001-000259호
주소·경기도 파주시 회동길 325-20
전화·편집부 02) 324-2347
　　　경영지원부 02) 325-6047
팩스·편집부 02) 324-2348
　　　경영지원부 02) 2648-1311
이메일·munhak@jamobook.com

잘못된 책은 교환해드립니다.
저자와의 협의하에 인지는 붙이지
않습니다.

ISBN　978-89-544-7307-1 (04810)
　　　978-89-544-4632-7 (세트)